「キミ、どこ住み？」
「え、俺は空中要塞住みだけど」

川岸殴魚

［イラスト］桝石きのと
［世界観イラスト］わいっしゅ

「ほら、あーん、であるっ！
開口したまえっ！」

ちょっぴり照れながらも口調は強気。
なんとも威厳のある「あーん」だ。

「こ、こうでしょうか……？」

「そう、もっと
うるんだような目で。

口をちょっと開けて」

空中要塞

「は、はい……」
「そう。いいね。
それでさりげなく
キーホルダーを顔の横に」
もちろんこれは空中要塞グッズの宣伝。
あくまでグッズの画像を撮っているのだが、
たまたまエッチなメイドさん風の女の子が映っている。
そんな作戦である。

CHARACTERS
島元あかね
Akane Shimamoto
夢素香
Musuka

武市夏穂
Natsuho Takeichi
黒田洋平
Youhei Kuroda
三浦ひなた
Hinata Miura

CONTENTS

KOBATO

「キミ、どこ住み?　え、俺は空中要塞住みだけど」

川岸殴魚

MF文庫J

口絵・本文イラスト●桝石きのと・わいっしゅ

1 ・・・・・KOBATO「浮遊する要塞！　こばと」・・・・・

埼玉県所沢市《ところざわ》、その上空、約六百メートル。

入道雲をかき分けゆっくりと進む巨大な浮遊物。

その形状は前方がややとがった楕円形《だえんけい》。全長が九百メートル超、横幅が三百メートル。

ティアドロップ形の船底の上部には西洋の城にも似た複雑な建造物。建造物の間を縫って枝を広げる古木。その周囲には田園が広がっている。

たとえるなら浮遊する小島。

そう、これこそ埼玉県民にはお馴染《なじ》み。誰もが知る浮遊城、所沢市のシンボル、その名も空中要塞〝こばと〟だ。

そのこばとの管制室。

管制室の床は全面がモニタとなり、こばとの底に設置されたカメラが捉えた地上の様子を映している。

地上を行き交う人と車。夕方とあって、帰宅する学生の姿が多い。楽しげに話しながら歩く学生たち。おしゃべりに夢中なのか空を見上げる者はいない。

「キミ、どこ住み？
え
俺は
空中要塞
住みだけど」

川岸殴魚
[イラスト] 桝石きのと
[世界観イラスト] わいっしゅ

その様子をはるか上空からじっと見下ろす美しい少女。

幼さが残るが人形のような整った顔立ちは将来、美女となることを保証している。そしてなにより際立つのが、年齢に似合わぬ気品と威厳を感じさせるたたずまい。

少女は亜麻色の美しい髪をかき上げながら呟《つぶや》く。

「人がゴミのようだな」

人をゴミ呼ばわりする気品あふれる少女――。

彼女こそ空中要塞こばとの第七十三代の当主、夢素香《むすか》である。

「どうかなさいましたか？」

夢素香の呟きに返事をしたのは傍らに控えていたメイド風の少女。名前は島元《しまもと》あかね、長らく夢素香に仕える従者である。

歳《とし》は夢素香のひとつ上の十六歳。

小柄でスレンダーな夢素香とは対照的な非常にグラマラスな体形。地味なロングスカートのメイド服姿でも十分に目立つプロポーション。

要するに貧乳と巨乳の主従なのだ。

「いや、今日も人がゴミのようだと思ってな」

整った美しい眉をかすかにひそめる夢素香。

「やっぱりそうでしたか」

「今日は違うかな？　もしかしたらゴミのようじゃないかな？　と思ったのだが、結局、今日も今日とてゴミのようだ」

「わたくしも薄々そうだろうなと思ってました」

あかねはそう言うと困ったような笑顔を浮かべる。

「うむ、実にゴミのようだ。むしろそうなってくると、逆にゴミは人のようかな？　そう思ってゴミを見てみたら、見たまえ、ゴミもゴミのようだっ」

「ええ、それはそうでしょうね」

あかねはうんうんと頷《うなず》いてはいるものの、その口調はどこかそっけない。なかば聞き流している風。

従者と主《あるじ》の関係とはいえ、この空中要塞で生まれ育った歳の近いふたり。どこか姉妹のような気やすい関係でもあるのだ。

「まったくゴミのようだ。どこかにゴミのようではない人はいないものか」

「そう言わずに。いましばらく観察を続けましょう」

ふたりが見下ろす床のモニタ。

そこに現在映し出されているのは、天然酵母のクリームパンが人気のベーカリー、『パンのつむぐ』、その駐車場付近だ。

駐車した軽自動車から、ぽんと飛び降りるように現れた小さな女の子。

反対のドアから出てきた母親に手を引かれ、店の入り口へと向かう。

女の子はまぶしそうに空を見上げて……。

「うわー、大きいねえ、浮かんでるねえ」

女の子はこばとに向かって小さな手をぶんぶんと振っている。

空中要塞こばとが突如として所沢《ところざわ》市上空に姿を現したのはいまから九年前。その後、こばとはまたたく間に所沢市が誇る街のシンボルとなったのだ。

この幼女にとっては馴染《なじ》みの光景。

「うおおお、大きいよー。ねえねえ、大きいねー」

こばとに向かって全力で手を振る幼女。

「そうだね。大きいね。はいはい。ほら、行くよ」

幼女のピュアなリアクションに対して、母親の反応は薄い。

どちらかといえば面倒臭そうに見える。

「がんばえー、こばとがんばえーっ！」

母親も子供に合わせてちらりと空を見上げるが、すぐに視線を戻す。

「はいはい。じゃあパン屋さんに入るよ。クリームパン買おうね」

「うわあああいー！　クリームパンだぁ！　やったあああ！」

母親に手を引かれ店へと向かって再び歩き出す幼女。

その後幼女はまったく空中要塞に目もくれない。「クリームパン！　クリームパン！」を連呼しながら店内へと消えていった……。

店は繁盛しており、その後も頻繁に人の出入りはあるが、頭上の空中要塞に目を遣《や》る人はいない。

まさに完全スルー！

所沢市が誇る街のシンボル、空中要塞こばと。

市民はすでにその存在に飽きていたのだ！

興味の対象をクリームパンに奪われる空中要塞。

その様子をはるか上空からモニタリングする要塞の主《あるじ》、夢素香《むすか》。

……。

………。

「幼女までゴミのようだ！」

「えーっ、可愛《かわい》らしかったじゃないですか」

「あんな飽きっぽい幼女、可愛くなどないっ！」

怒りで頬《ほお》を膨らませる夢素香。

「常日頃から人はゴミのようだと思っていたが、特に飽きっぽいヤツらはゴミだ。ゴミのようにもほどがあるっ！　水曜日に出すタイプのゴミめ！」

「なぜ容器包装プラスチックだと判断を。とにかく落ち着いてください……」

「こっちは空中要塞だぞ、なにを飽きているのだっ！　ゴミだろうなと思っていたけど、本当にゴミだな、撃つぞ！　旧約聖書にも謳《うた》われたヤツをお見舞いするぞ！」

「姫様、それはさすがに。なにとぞ寛大なお心で」

「だってゴミのような人たちが飽きているのだぞ！　空中要塞がせっかく雲間からドドーンと出てきたのに、ちっちゃい子が手を振ったのに、ママが『はいはい』って！　それでクリームパンを優先したのだぞ！」

「まあまあ、つむぐはお休みの日が多く、行ける日が限られてますから」

「それがどうしたと言うのだ！　地上の民にわからせねばなるまい。我が力をもってすればパン屋のひとつやふたつ、一瞬で塵《ちり》と化すのだと。永久にお休みにしてくれる」

「基本的に塵と化してはいけません。きっちりと損害賠償請求されますよ」

あかねは夢素香《むすか》の言動をまったく真に受けることなく、聞き流している。

「この価値がわからないのか、愚民どもめっ！　珍しがれ！　珍しがりたまえっ！　浮いているのだぞ！　これほど格好いいのが。すっごいんだぞ！」

夢素香はゴージャスなフリルのついたドレスのスカートをひるがえし、ドシドシと床を踏みつける。

地団太！　まさに地団太を踏んでいるのだ。

「姫様、お気持ちはわかりますが、我々が姿を現してすでに九年。少々の飽きは仕方ないかと」

「仕方なくないっ！　世の中にはいくらでもロングセラーのものはあるではないか。たかだか九年だぞ。なぜだ！」

「我々は所詮は浮いているだけですし……。特になにをするわけでもなく」

空中要塞こばとは観光地としては大きな欠点を抱えていた。そもそも一般人立ち入り禁止。しかも地上から見えるのはのっぺりとした底面のみ。残念ながらまったくフォトジェニックではない。インスタ映《ば》えもしないのだ。

「だからこそ、なにかしてやろうと言っているのだ！　ビーム関係のなにかを！」

「ダメです！」

「だが悔しいではないか！　クリームパンに関心を奪われたのだぞ！」

「姫様、そもそも、そんなことを言っている場合ではありません。モニタリングの目的をお忘れですか？」

あかねは夢素香《むすか》をたしなめつつ、目の前のパネルを操作。

床のモニタはさらにアップになり、ベーカリーの出入り口から現れたひとりの男を捕捉する。

映し出されたのは、男子高校生。学校帰りのため制服姿だ。

その男子高生は先ほど買ったのであろうパンをさっそく咥《くわ》えている。

「黒田洋平《くろだようへい》様が再び姿を現しました」

「うむ……そうであったな。ついに……」

急激に落ち着きを取り戻す夢素香。

「洋平様はカフェスペースを利用せず、テイクアウトの様子。形状からおそらく紅茶のメロンパンと思われます」

「パンの種類はよい。それより……間違いないのだな……あの男で。洋平殿で」

夢素香はモニタに映るその姿を見て、かすかに頬《ほお》を赤らめる。

「はい。間違いありません、彼こそが我々が探し求めていた方」

あかねは小さく、しかし重々しくうなずく。

夢素香はあかねにうなずき返すと、すぐに視線をモニタの洋平に戻す。

「ふむ、そうであるな。相変わらずなかなかの男前である。まあ、なんというか……少々、地味ではあるが」

「たしかに少々暗いというか死んだ目をしておられますが、賢そうな印象はあります」

「うーむ、賢そう……、どちらかというとずる賢そうではある」

「ほら器用にメロンパンも食べていますし、聡明《そうめい》な方に違いありません」

「無理に褒めなくともよい。チンパンジーじゃないのだから……まあでも、うん、嫌な感じはない」

「そうです。暗い印象ですが、ちゃんと清潔感もありますし」

洋平《ようへい》をめぐってガールズトーク的な言動を繰り返すふたり。

しかし、もちろん洋平を監視している理由はガールズトークの話題提供のためではない。

「そもそも男のことなど私にはわからんっ。わからんが、いずれにせよ、やるのであろう？……捕獲を」

夢素香《むすか》はぼそりと言う。その顔はすでに真っ赤になっている。

「はい。準備は完了しております。いつでも捕獲できますが、いかがなさいますか？　あまりゆっくりしていると洋平様を取り逃がすかも」

「そう急ぐな。まあ、食べ終わるまで待とうではないか。それに私にも心の準備が……。この男が……私の……」

夢素香は大きく一度深呼吸し、モニタを見つめ直す。

道を歩きながら、実に美味《おい》しそうにパンを齧《かじ》る洋平。

カメラはその姿を自動で追跡する。

「姫様、候補は洋平様ひとりだけ。選択肢はないのです」

「そんなことはわかっている！　私とて多少心の整理が必要なのだ。まったく……。はぁ、うん、なんだか見慣れてきたぞ。見慣れると可愛《かわい》らしい気がしてきたな……。目は死んでいるが、鼻筋は通っておるし、シュッとしているではないか」

夢素香がいまだ顔を赤らめながら、なおもブツブツ言っている。

「見慣れるのは後ほどに。姫様、そろそろ限界です。捕獲の許可を！」

「うむ、許可する！　ただし手荒な真似《まね》は控えよ！　なにせ私の将来の夫だ」

夢素香はそう宣言すると真っ赤になった顔を両手で覆うのであった。

◆

同時刻の地上。

パンのつむぐから南に五十メートル。

六月下旬、梅雨《つゆ》の中休みで、今日は晴れ。

夏を感じさせる強い日差しが降り注いでいるはずだが、空中要塞が落とす巨大な影によって、この辺りはどんよりと薄暗い。

その薄暗い道を歩きながら、なんとも美味《うま》そうにメロンパンを食べる男子高生、黒田《くろだ》洋平。

洋平はまったく気づいていなかった。

自分の姿を上空から監視されていることに。

ずっと見られていると知っていれば、歩き食いではなく、ちゃんとベンチに座って行儀よく食べたはず。

まさか自分が空中要塞によって行動を逐一監視されているとは夢にも思っていなかったのだ。

なにせ洋平《ようへい》は平凡な高校二年生。

空中要塞でなくとも何者かに行動を監視される理由がないのだから。

スマホで音楽を聴きつつ、メロンパンを齧《かじ》る。

実に油断しきった足取りでのんびりと家路を進む洋平。

そんな洋平の目の前が急激に明るくなる。

ラインを引いたかのように、くっきりと分かれる明暗のコントラスト。そのラインは街を分断するかのように延々と伸びている。

空中要塞の落とす影の端だ。

しかし洋平はスマホに目を落としたまま、まったく気にする素振りがない。

なにせこれが市民にとって日常の風景なのだから。

洋平もいつも通り、家に向かって影の作り出すラインを踏み越えた。

その時だった。

びりびりと低い音を立て空気が振動する。

洋平の持つメロンパンの包装紙も細かく震えている。

さらに振動は大きくなり、耳をつんざくような高い金属音が鳴り響く。

「な、なんだっ？」

洋平が空を見上げると、ぐんぐんと接近する茶色い物体が。

身をかわす暇もなく、洋平の目の前に落下。

衝撃でアスファルトが大きくくぼむ。

「ロボット……」

くぼみの中心にある落下物。それはロボットとしか言いようがなかった。

体長は二メートル五十センチくらいだろうか、金属製のドラム缶のような胴体。

そこから伸びる太くて長い腕。そして腕より短い脚。

身体《からだ》に対して小さめの頭部では目の部分がチカチカと点滅している。

絵に描いたようなベタなロボットである。

もし喋《しゃべ》るとしたら……。

「コンニチハ……」

案の定のカタカナ喋り！　実にロボットらしい抑揚のない合成音を発している。

「ワタシハ、怪シイ者、デハアリマセン」

「いやいや、絵に描いたような怪しい者だろ」

「怪シイ者デハアリマセン、親戚ノ、家ニ、行キタイノデスガ、道ニ、迷ッテシマイマシタ。チョット教エテクダサイ」

「ロボットが道に迷ってんじゃねーよ！　そもそもGPSとかナビ機能がついてないのかよ！　なかったらググれ！」

ロボットが扮《ふん》するには完全に無理のある設定。しかし、それをものともせず、ロボットはゆっくりと洋平《ようへい》との間を詰めようとする。

洋平はロボットが前進した分だけ後退、一定の距離を取る。

「教エテクダサイ、ソフトバンクショップハ、ドコデショウ？」

「まさかとは思うけど、本当にまさかなんだけど、……ペッパー君の親戚の設定？」

「ペッパークン、生キ別レニナッタ、ワタシノ、双子ノ、弟」

「双子の設定ならせめて似ろよ！　完全に別のメーカーじゃねーか」

「地図、見テクダサイ」

ロボットは大きな手で紙きれを一枚握りしめている。

一応、手書きの地図らしきものが描いてあるのが見えるが……。

「これは……、地図を見ようとしたら、捕まえる作戦！　おい、ロボットにあるまじき姑《こ》息《そく》な行為だぞ」

「安心シテ、道、教エテホシイダケデス、宗教ノ、勧誘ジャナイ」

「その疑いは持ってねーよ！」

洋平はさらに後退。

背を向けて逃げるタイミングを図るが……。

「ダマスノ、失敗……。サクセン2、テアラナマネ、発動！」

「テアラナマネ……？　って、手荒な真似《まね》か！　タイ語かと思った」

突如としてロボットの手がぐんと伸びる。

大蛇のように絡みつく両腕。洋平を掴《つか》み上《あ》げると、伸びた腕を急激に縮ませて、小脇に抱える。

一切躊躇《ちゆうちよ》なく拉致！　このモラルのなさに洋平はロボットらしさを感じ、清々《すがすが》しくすらある。

がっちりとホールドされた右腕。脚を軽くバタつかせてみるが、まったく緩むことはない。さすがロボ。こうなると抵抗する気すら起きない。

「デハ、タダイマヨリ、拉致リマス」

親切にも拉致を告知。

「えーっ！　手荒な真似、すっごく手荒じゃん！　いいのかな？　素敵なロボットの親戚として許される行為なのかな？」

ロボは洋平の言葉に耳を貸すことなく、洋平を抱えたままゆっくりと上を向く。

そして背中に折りたたまれていた巨大な翼を展開。

二度ほどバサリ、バサリとその場で羽ばたくと、翼の節のような箇所からジェットを噴射。一気に空中へ舞い上がった。

旋回しながららせん状に高度を上げていく。

この街の上空。そこに存在するのは……。

数分後、洋平《ようへい》は空中要塞こばとの甲板部分というか地面に降り立っていたのだった。

◆

絵に描いたようなロボットに絵に描いたように拉致られてしまった洋平。

ロボットの腕から解放され、芝生の上に乱暴に転がされる。

さすが雑なデザインのロボット。

人間の扱いも非常に雑だ。

「ここが空中要塞の……上……」

洋平は打ち付けた腰をさすりながら、周囲の様子を見渡す。

空中要塞こばとの甲板。

名称としては甲板で正しいのだろうか？　もちろん一般的な船の甲板のイメージとは程

遠い、とにかく空中要塞にとっての地面だ。

なにより広い。縦、九百メートル、横、三百メートル。その面積はちょうど西武園《せいぶえん》ゆうえんちとほぼ同じ。洋平は小学校の社会でそう習った記憶がある。

それは甲板というより田舎の風景のようでもあり、小さな村のようでもあり、そして巨大な城のようでもあった。

うっそうとした古木。建造物にはツタが生い茂り、悠久の時を感じさせる。

どこからともなく聞こえる羊の鳴き声。

そしてなにより印象的であるのが地面すれすれを漂う雲。

形を変えながら地面を伝う雲。

突如巻き起こった強い風が雲を押し流していく。

先ほどまで開けていた視界が急に閉ざされる。雲の塊の中に入ってしまったのだ。

体感したことのないレベルの濃霧。

濃淡を持った白色がゆっくりと通り過ぎていく。

数十秒かけて、雲が通過していく。

復活した視界。

洋平が目にしたのはふたりの美少女だった。

「洋平様、お怪我《けが》はありませんか？」

ふたりの美少女のうちメイド服を着た巨乳の少女がやさしく微笑《ほほえ》みかける。

相手は洋平《ようへい》の名前を知っているが、洋平はもちろんふたりと面識がない。

「ようこそ、こばとへ、洋平殿。私が空中要塞こばとの当主、夢素香《むすか》である！」

もうひとりの少女が風になびく亜麻色の髪をかき上げ、そう宣言した。

自信に満《み》ち溢《あふ》れた態度。

雪解け水を思わせる、澄んで張りのある声。

そして人形のように整った容貌。流れる雲と相まって、どこか神々しさすら感じる。

「えーっと、どうも、黒田《くろだ》洋平です」

さらわれておいて挨拶をするのも馬鹿馬鹿しいが、相手の勢いに押されてつい挨拶をしてしまう。

「洋平殿、まずは失礼な扱いを詫《わ》びよう。なにせ重要な用件があってな。無礼とは思いながら全力で拉致らせていただいた！」

「拉致は礼儀の範疇《はんちゅう》じゃないけどね」

そもそも拉致とはいきなり行うもの。

そして失礼もなにも三か月以上七年以下の懲役もありえる行動スタイルなのだ。

とはいえ、ここは拉致られた先の空中要塞、いったんは相手の出方を待つしかない。

「で、用件って？」

洋平は夢素香と名乗る少女に尋ねる。

「なに、まあ、その……その、私の口からは、えーと、うむむ……あかね」

夢素香はなにやら口ごもりながら、メイドの少女に視線で合図を送る。

「用件はひとつ。こちらにいらっしゃる姫様、夢素香様と結婚し、ゆくゆくは子をなして欲しいということです」

あかねの言葉に恥ずかしそうにこくこくと頷《うなず》く夢素香。

「喜びたまえ。この私の夫になれるなど、望外のことだろう。まあ、ちょっと地味な雰囲気だが、我慢してやろう」

なんだかもじもじと身体《からだ》をくねらせ、猛烈に照れながらも、上から目線の発言。

これが空中要塞の主《あるじ》。

「洋平殿が十六歳、私が十五歳、幸いなことに年齢的にもぴったりだ。私と子をなしたまえ。二男一女ほどなしたまえ！」

その少女は凛《りん》とした声でそう断言した。

結婚、子作り……。

たしかに単純明快な話。

そして依頼主である夢素香を確認するに、なかなか魅力的な提案であるとも思える。

しかし……。

「わかった。その提案、喜んで受けよう……。とは言《い》い難《がた》いな」

「なぜだっ！　この私だぞ！　結婚したまえ！」

美少女が目を大きく見開いて猛抗議している。

顔を真っ赤にして……。

「考えてもみろ、突然、デザイン性に問題のあるロボットにさらわれて、連れてこられたのが空中要塞で、初対面の女の子に求婚される。普通に考えて……罠《わな》だろ。警戒心を抱いて当然」

「罠ではない！　言葉に気をつけたまえっ！　私は空中要塞の主《あるじ》だ。本気を出せば、西武《せいぶ》線沿線を瞬時に火の海に変える戦力を有している。罠など必要ない！」

洋平《ようへい》に掴《つか》みかかろうとする夢素香《むすか》。

「姫様っ！」

巨乳の従者が夢素香をすかさず羽交い締めにする。

羽交い締めにされたまま、手足をバタバタさせる空中要塞の主。

小柄な姫様はどうやら性格も相当子供っぽいようだ。

「あかね、どういうことだ？　断られてしまったぞ！」

「わたくしにとっても想定外です。まさか姫様の美貌を前にして、結婚を承諾しない人間がいるとは……」

「恥ずかしい！　非常に恥ずかしいではないかっ」

美貌の姫様にとっては屈辱だったようだ。大きな目がちょっぴり潤んで涙目気味になっている。夢素香を羽交い締めから解放し、今度は優しく頭を撫《な》でるあかね。

「洋平様、姫様のなにがお気に召さないのでしょうか？」

すがるような目で洋平を見つめるあかね。

「いやいや、気に入るとかそう言うことじゃなくて。段取り？　というか段階？　普通に、見ず知らずだからさ。結婚以前につき合う時点でまずお互いのことをさ……」

洋平にとってはごくごく当たり前の指摘のつもりだったのだが……。

「そうであったか！」

夢素香はシュートを外したサッカー選手ばりに天を仰いで悔しがっている。

「どうやら地上育ちの洋平様には求婚のタイミングが早かったようです。我々空中の民と地上の民では結婚に関する考えも違いますし」

慰めるかのような口調で夢素香に話しかけるあかね。

落胆する空中要塞の主と従者。

見つめ合いながら、小声で話し合っている。

自分たちの失敗について検討しているようだ。

「要するに文化の差か。王族にとって結婚とは血筋でするもの。仲睦《なかむつ》まじくなるのはむしろ結婚してからと思っていたが……。洋平殿《ようへい》、つまりそういうことだな？」

「大まかに言うと、そんな感じかな」

洋平の言葉に大きくうなずく夢素香《むすか》。

つかつかと洋平の元へと歩み寄る。

「やむを得まい、洋平殿、婚前ではあるが仲睦《なかむつ》まじくしよう。さあイチャイチャしたまえっ！」

そのまま洋平の腰に腕を回しひっしと抱きつく夢素香。

洋平の胸にぴったりと頬《ほお》を押し付ける。

なんとも嬉《うれ》しい状況ではあるが……。

「余裕で罠《わな》っぽいな」

女子からの突然の抱擁。

それは洋平にとってはなんらかのトラップと判断して差《さ》し支《つか》えないイベントなのだ。

「だから罠ではない！　なんと猜疑心《さいぎしん》の強い婿殿なのだ！　まったく、ならばどうしろと言うのだ！」

腕の中で顔を上げキッと睨《にら》みつける夢素香。

どうしろって……。

「まずは事情を説明してもらえるかな？」

「それは口頭で？」

「口頭で」

「洋平殿……普通であるな」

上目遣いでじっと洋平を見つめる夢素香。

「うん」

当然と言えば当然。

普通のことをショートカットするから戸惑っているのだ。

「姫様、お部屋を用意いたしますか？　説明のために」

「……そうしたまえ。洋平殿……まったく人の思い切った行動を無にしおって」

そう言うと、胸の中から離れる夢素香。

やはり多少の恥ずかしさはあったようで、洋平からぷいっと顔を背け、乱れた髪を手で整えている。

その姿に若干のもったいなさを感じつつも、洋平はようやく現状について口頭で説明を受けることになったのだった。

◆

空中要塞こばとの迎賓の間。

洋平《ようへい》はそこで口頭での事情説明を受けることになった。

一度、地上から地下へと入り、廊下を通過して何段か階段を上る。

説明によると四ノ郭《よんのかく》と呼ばれる地上というか甲板部分から一段高所にある区画に移動してきたらしい。

通された迎賓の間はその名にふさわしく煌《きら》びやかだった。

戦前の華族のお屋敷を思わせるかのような和洋折衷のデザイン。

レトロでアンティークな木製のテーブルに、同じくアンティークなティーセット。

それにふさわしいレトロな椅子に洋平は腰かける。

窓の外では枝から枝へと飛び移る小鳥の姿が見える。

「あれはヒバリです。大戦後の地上ではもう見られないのではないでしょうか？　ヒバリは高くまで飛ぶので、ここにも巣を作ることができたのです」

あかねがメイド姿にふさわしい慣れた手つきで紅茶を注《つ》ぐ。

「ありがとう」

洋平の礼に応え、恭しくドレスを広げ頭を下げるあかね。

「まずご説明しなければいけないのは、洋平様にとって我々は見ず知らずの人間かもしれませんが、我々にとっては、洋平様はずっと追いかけてきた、探し求めた運命の人なのだということです」

「お、俺が？」

洋平にとっては意外すぎる言葉。

なにせ、普段の洋平は探し求められないタイプ。それどころか、むしろ忘れられるタイプ。飲食店等で自分の注文だけが通ってないことが日常茶飯事なのだ。

「はい。間違いなく洋平様こそ、我々が探し求めていたお方」

「なんで俺を」

気持ちを落ち着けるために紅茶に口をつける洋平。紅茶の味などまったく分からない洋平だが、この紅茶がすばらしく美味《うま》いことは理解できる。

「知ってのとおり、この空中要塞こばとは九年前に突如発生したわけではなく、戦闘によって迷彩が解け、その姿が地上から見えてしまうことになったのです。この空中要塞自体は長く存在し続け、我々空中の民はここで暮らしていました」

九年前、あの大戦の末期に突如姿を現した空中要塞。当時は空中要塞に名前はなかった。

埼玉県との交渉の末、県は所沢《ところざわ》の上空で浮遊することを許可する代わりに、空中要塞の呼称を〝埼玉県立空中要塞こばと〟としたのだ。

ちなみに航空機等で上空からこばとを見ようとしても、霞がかかったようにぼんやりとしか見えない。カメラで撮影してもぼやける。これは失われた迷彩機能の名残りらしい。

「現時点での空中の民は二百九十二名、それぞれが代々受けついだ役割を持ち暮らしています。しかし、こばとの真の機能を使うことができるのは、選ばれし王だけなのです」

あかねは主《あるじ》である夢素香《むすか》のカップにも紅茶を注《つ》ぎ終えると、静かに語り始める。

現代のテクノロジーを超えた古代技術によって作られた空中要塞こばと。

その主要なエネルギー源は魔空石であり、その魔空石の力を引き出せるのは、空中の民の中でも王の血を持つ者だけ。

「そもそも王の血統でなければ、心宮《こころのみや》に立ち入ることすらできません」

心宮とは要塞のいわば心臓のような施設。現当主夢素香の私室があるだけでなく、こばとを浮遊させている動力である高速空力反転回路、そして主砲の制御機関と直結し、それらを制御する第一管制室があるとのこと。

すなわち、空中の民にとって王の血筋が絶えることは、こばとの制御能力の多くを失うことを意味するのだと。

「先王が崩御され、王の血統は夢素香様のみとなってしまいました。我々空中の民は地上に降りた王の血統をずっと探し続けていたのです。血筋を守るために必要なのは、王の血統の男子。つまり姫様の婿となる方」

「それが俺ってこと？　……王の血統？」

「その通りでございます」

膝を折り、深々と頭を下げるあかね。

その態度はまさに王にかしずく従者。

「え、でも俺はずっと普通に育てられて……」

「はい。洋平《ようへい》様の血統は今から四代前、洋平様のひいお爺《じい》様の代で地上に降りられたと聞いております。その当時は空中要塞の存在自体が秘せられており、ひいお爺様は地上の民として人知れず生きることを選んだとか。しかし、間違いなく洋平様は空中要塞の王の血統です。そして洋平様はその証拠をお持ちです」

「俺が証拠を？」

「はい、その洋平様のポケットに入っているものこそ、王族の証《あかし》」

あかねはやや声のトーンを落として重々しい口調で言う。

ポケットに……。

洋平は少し緊張した面持ちで自らのズボンのポケットを探る。

「このミンティア・ドライハードが……王の……」

「違いますっ！　ブレザーの胸のポケットです！　胸ポケットにお母様から肌身離さず持っているようにと、幼いころから言われていたものがありますよね！」

「やっぱりそっちか」

洋平が胸ポケットから取り出した物。

それはピンポン玉程度の大きさの青い石だった。

洋平《ようへい》が小学五年生で父を亡くした時に母から渡されたお守り。

形は円形ではなくやや扁平《へんぺい》でティアドロップ型。石全体に金で紋章とも溝ともつかない図形が彫り込まれている。石の先端には小さな金具。おそらくチェーンでペンダントのように吊《つ》るしていたのだろうが、ずいぶんと前にチェーンを壊してしまい、それ故、胸ポケットに入れているのだ。

この石になんのいわれがあるのかさっぱりわからなかったが、小さいころからお守りとして肌身離さず持っていたものを急に持たなくなるのも気持ちが悪く、なんとなくいままでも持っていたのだ。

「それこそが魔空石でございます」

「これが……そうだったのか」

改めて石をアンティークの木製テーブルの上に置いてみると、いつもと違った神秘性を感じる。

窓から差し込む陽光を反射する見慣れた石。

その深い青はまるで空の青を吸い取ったかのようにも見えて……。

「ふむ。これがミンティア……。黒地に炎のデザイン。なんとも強そうであるな」

夢素香《むすか》はミンティアの方に夢中になっていた！

洋平が無造作にテーブルに置いたミンティアをありとあらゆる角度から観察している。

夢素香にとっては魔空石はすでに知っているもの。ミンティアこそが初見だったのだろう。

「姫様、ミンティアはさておき、いまは血統の話を」

「そ、そうであるな。うむ、洋平殿、理解していただけたかな。というわけなのだ」

つまりは王家の血筋を絶やさぬため、洋平は夢素香の結婚相手として選ばれたとのこと。

それは理解できたのだが……。

「いやいや……だからって、突然さらわれた上にプロポーズっておかしいでしょ！」

洋平はプロポーズした本人である夢素香に抗議する。

「……だって、ついに会えたから。……こっちはずっと探していたのだぞ。そちらとはかける意気込みが違うのだ。そこは……その、理解したまえ」

それだけ言うと少し顔を赤らめ目を伏せる夢素香。

口を尖《とが》らせて子供のようにいじけた顔になっている。

どうやら夢素香なりに一大決心ではあったらしい。

「夢素香様は物心ついた頃より空中の民を束ねる王であり、何事においてもノーを言われた経験すらなかったのです。そんな夢素香様がついに見つけた洋平さまと対面したのです。拙速な求婚も無理ないことなのです」

あかねが夢素香《むすか》に代わって事情を説明する。

それを聞きながら、何度もこくこくと頷《うなず》く夢素香。まさにそれこそが自分の言いたかったこと。自分は悪くない、そんな感じのアピール。

そんな夢素香の頭を優しく撫《な》でるあかね。従者と主人というより、優しいお姉さんとその妹といった印象だ。

「なるほど、とにかく事情はわかったよ」

プロポーズはちょっと勇み足気味だったようだけど……。

空中要塞の機能を制御する王の血。

血を絶やすことは空中要塞存続の危機。

いわゆる切実な事情らしい。

「たしかに求婚は拙速ではありました。しかし、洋平《ようへい》さまは本来空中の民の王となられる方なのです。どうかご理解いただきたい」

「事情は理解したけど……」

「むろん、拙速は私も好まぬ。今は婚約に留《とど》めるつもりだ。ゆっくりと信頼関係をつくっていこうではないか」

夢素香も注《つ》がれた紅茶を口に運ぶ。

「ちなみに結婚後の生活についてだけど……やはりここで暮らすことになるのかな？」

「当たり前だ。この要塞で一生を共にする。要塞からの日の出は素晴らしいぞ。雲海を黄金色に染める朝日、言葉にならないほど美しい」

そう言うと得意げにツンと顎を上げる夢素香。

洋平はその夢素香の姿を確認する。

誰がどう考えても美少女だ。

クラシカルなドレス姿。胸元に光る大きな宝石をつけたペンダント。

亜麻色の髪。滑らかな肌。そして、なんといっても目だ。色素の薄いブラウンの瞳。吸い込まれそうな不思議な輝きを放っている。

もし仮にこの子と学校で知り合って、自然な流れでつき合うことになったのなら、なんの異存もない。

——問題は、現状は微塵《みじん》も自然な流れではないところ。

「ちなみに外出は？」

「なにを言っている？　婚約が成立した今日この日より、洋平殿は空中の民の一員。空中の民の王は地上になど降りぬ。地上はゴミのようだからな。空中の民は空で生まれ、空で死ぬのだ」

「外出はなしと……」

ここへの招待の方法が拉致な時点で外出の自由がなさそうなことは薄々勘づいてはいた。

たしかに空中要塞が出現して九年。

空中要塞の主《あるじ》である夢素香《むすか》が地上に降りればローカルニュースくらいにはなったはず。

本当に生まれてずっと空中生活なのだ。

「ちなみにテレビは？」

洋平《ようへい》は話の流れでなにげなく尋ねたのだが……。

「ぬぅぅぅ、空中要塞にそのようなものは必要ない！　テレビなどゴミのようだ、特に引っぱっておいて、CMの後、またすぐCMに入るパターンはゴミのようだ。そもそも私と結婚すれば空中要塞の王婿《おうせい》としての仕事が始まる。テレビなど観《み》ている暇はない！」

椅子から立ち上がり拳を振り上げて熱弁する夢素香。

なんだかムキになっているようだが……。

「姫様も子供の頃は欲しがっておられたのですが……。テレビを設置しても残念ながら電波が届きません……。なにせ電波塔のはるか上空ですから」

あかねが代わって事情を説明してくれる。

結局は欲しかったのか……。

「あれは子供ゆえの気の迷い。今は電波が入ったとしてもいらぬっ！　雲海を黄金色に染める朝日を見ればよい。空中要塞から見る朝日に勝るチャンネルなどないのだ。何チャンにも負けぬ！　プリキュアなど観なくても平気だ」

──プリキュアが観たかったんだな……。

容易に推察できる。

そして執拗《しつよう》な日の出推し。さぞかし美しいのだろうけど、朝しか見れないし……。

「ちなみにネットは……」

「上空六百メートルまで光ケーブルを引けるものなら引いてみるがいい！」

ノータイムで切り返す夢素香。

「じゃあスマホとか……？」

「そもそも空中要塞の民は契約できぬ！　言ってみたまえ、住所が空中の人間と契約してくれるスマホの会社を」

「実はかつて密《ひそ》かに契約を試みたことがあるのです。しかし仮に契約できたとしても空中要塞の動力、高速空力反転回路による発電が地上よりはるかに高圧であることが、充電するとスマホが爆発するらしく……」

あかねも少し残念そうに肩を落とす。ちょっとかわいそうになってきた。

「まあスマホがなくてもね。空中要塞では別の通信手段とかあるだろうし、鉄の管みたいなのとか……」

「バカにしているのか……？」

ギリギリと歯噛《はが》みする夢素香。

もはや強がりすらやめて、露骨に悔しがっている。

「いや、バカにしているわけではなく……、ネットのない生活が想像できないだけで、まあ鉄の管での会話も風情があってね」

と言いつつ、想像すると軽く笑いがこみ上げてくる。

「半笑いではないか！　私はネットのある暮らしが想像できんっ！　別にいいのだ、私にはインドラの矢ともソドムとゴモラを滅ぼしたやつともいわれるのがあるからなっ！」

「ですからあれは娯楽で使ってはいけませんっ！」

「撃たせたまえっ！　弱でやるから、一番弱でっ！」

「弱でもダメです！」

あかねにノータイムでたしなめられる夢素香《むすか》。

従者に叱られ、子供のように頬《ほお》を膨らませて、すっかりむくれている。

「せっかく洋平《ようへい》殿に見せてやろうと思ったのに。まあいい。他にも見せるものはいくらでもあるからな。なにを見せようか……、まずは洋平殿が今日より暮らす、心宮《こころのみや》でも案内するか……」

「……今日より？」

「ん？　当たり前ではないか。そのためにさらったのである。洋平殿、心宮は我々王の血を引く者が暮らす区域でな、このこばとの最上階に位置する。まあ冬は少々寒いが慣れれば何ということも……」

夢素香はそう話しつつ、すでに椅子から立ち上がっている。

完全に心宮の案内をすることが当然の空気になっているが……。

「あのさ、悪いんだけど、帰っていいかな？」

洋平は平然とその空気をぶち壊す。

「な、なにを？　私の話を聞いていなかったのか？」

夢素香は大きな目をぱちくりとさせている。

「いや、話はわかったんだけど。家には帰りたいなと」

「そ、それは婚約を拒否するとの意味でしょうか」

あかねの表情が一瞬でこわばる。

なんとも不安げな表情のあかね。

「いや、ここまでの話を聞いて、よくよく考えたんだけど……」

「はい……」

息を飲んで洋平の話に聞き入るあかねと夢素香。

「俺はネット環境のないところにはそもそも住めないんだ」

「えっ？　どういう意味であるか？」

「正直に言って、夢素香は非常に可愛《かわい》いと思った。なのでつき合いたくはある。ただ空中要塞住みはちょっとキツいかなと」

洋平《ようへい》は本当に正直な気持ちを吐露する。

初対面であるが、夢素香《むすか》の美貌に惹《ひ》かれたことはたしか。

もしこのような美少女がクラスにいたら、そう考えただけでも背中がぞくぞくするほど。

そんな少女につき合ってくれと言われれば前向きに考えずにはいられない。

「……可愛《かわい》い……私がか？　えへ、えへへへへ。洋平どのぉ～、ぬふふ」

「姫様、照れている場合ではありません！」

「そ、そうであった。なぜだ？　なぜ空中要塞暮らしを拒む？」

「なにを隠そう俺は思いっきりインドア派のネト充なんだ。こんな圏外の場所には住めない。というわけで、つき合うはつき合うけど、空中要塞業務は通いでできないかなと」

「そんな勝手な！」

あかねがショックで倒れそうになっている。

「洋平殿、わかっていないようだが、空中の民は、そう簡単に地上には降りぬ。特に王族は一生を空中で過ごすもの。これまでが特殊だったのだと理解したまえ。我が夫となるからにはこのしきたりは絶対なのだ」

「言ってることはわかるけど、なんだったら今日もそろそろ帰りたいなと」

「なぜ？」

「宅配便が届くんだよ。受け取らないと。フィギュアが届くの」

「どうでもいいっ！　洋平《ようへい》殿、正直にもほどがあるぞ！　こっちは空中要塞である！」

手のひらでバチンとテーブルを叩《たた》く夢素香《むすか》。

しかし、洋平は引き下がらない。

「俺が時間指定したんだから。宅配便の人と俺との大事な約束だ。約束を守らない男と結婚するのか？」

「ぐ、ぐぬぅ、変なところで口が上手《うま》い……」

「なにせこっちは陰キャ、家に居たいばっかりに行きたくもないカラオケの誘い、ボーリングの誘い等々、様々な誘いを断り倒してきた男。通称、百の詭弁《きべん》を持つ男。口の上手さではそう簡単には負けけん」

「ぬぬぬぅ、変なことで威張りおってぇ！」

「本当に悪いけど、帰してもらえるかな。もう一度言おう。君は可愛《かわい》いからつき合いたいと思っている。だが、ここに住むのは嫌だ。俺はネット環境がないところで生活することはできない生物なんだ」

「……そういうわけにはいかぬ。空中の民は空中で暮らし、空中で死ぬ。そう簡単に地上に帰られては……」

「だから、俺は空中の民の自覚ないし。それに時間指定して不在は人道上の罪に問われる大罪だから」

「……知らぬ」

「いやいやこっちこそ知らないし！」

「なにを言われても帰すわけにはいかんのだ。これ以上の議論は不要。あかね、あとは任せた。適当に施設を案内してあげたまえっ！」

夢素香はあかねにそう指示すると、くるりと踵《きびす》を返し、独り部屋を出て行ってしまった。

残されたのは洋平とあかねだけ。

「本当に帰らせてもらえないのかな？　さすがに困るんだけどね」

洋平は残ったあかねに向かって苦笑して見せるが……。

「残念ながら姫様の許可がないと、物理的にお帰りいただけないのです」

「物理的に？」

「ここから地上に降りる小型の機空挺《きくうてい》はございますが、起動のスイッチは心宮《こころのみや》にございます。ここからは動かすことができません」

「じゃあ、その心宮に」

「はい……ご案内することは可能ですが、残念ながら無駄かと」

あかねはそう言うと「申し訳ありません」と頭を下げるが、洋平としてはそれで納得するわけにはいかない。

とりあえずその心宮《こころのみや》まで案内してもらうことに。

先ほどまで滞在していた迎賓の間を出て、なんの装飾もない無機質な廊下へ。

金属と陶器の中間のようなすべすべのチューブを思わせる廊下を進み、エレベーターへと乗り込む。エレベーター内にはなんのスイッチもなく、勝手に扉が閉まり音もなく上昇を始める。

地上で乗るエレベーターとは違い、引き上げられているのではなく、浮き上がっているかのような感覚。

「地上のエレベーターはワイヤーで引っ張り上げるとか」

あかねの説明によるとこのエレベーターは空中要塞を浮遊させている根源の力、魔空石の力で動いているのだそう。つまりは空中要塞の中で小さな空中要塞が動いているようなものだ。

数分後、エレベーターは上昇を停止。

ドアが音もなく開かれる。

――心宮。

そこは要塞の内部というより宮殿、さらには宮殿よりも神殿という表現が似合う空間だった。広くまっすぐな回廊。その両脇に立ち並ぶ巨大な柱。

その柱はそれぞれぼんやりと青く発光している。

そして柱と柱をつなぐ壁には壁画が描かれている。

洋平《ようへい》には理解できないが、おそらく空中の民の歴史か神話か、そのようなものをモチーフとした絵画だろう。

発光する柱を照明代わりに先へと進む。進むこと百メートルほど。

洋平の先に現れたのは……。

巨大な扉だった。

「王の門です」

あかねが洋平の視線の先にあるそれの名を告げる。

その扉はこの先が王の居住空間であることを示す威厳に満ちていた。

まずなにより巨大な二枚扉、高さは三メートル以上はある。

そして扉に施された精密な浮かし彫りの彫刻。

描かれているのは龍《りゅう》だろうか。

そして扉の中央には大きな円形の紋章が描かれている。左右の扉に均等に半円ずつ。

紋章はひし形を何個も組み合わせたような図形。

迎賓の間で出されたカップにもこの紋章が描かれていた。

――これが王の紋章なのだろう。

洋平はそう推測する。

「心宮《こころのみや》の扉を開けることができるのは王の血統の者のみ。ここから先は許可なく立ち入ることはできません」

あかねは扉の前で立ち止まると洋平《ようへい》にそう告げる。

「王の血統……それだったら、俺もそうなんだろ」

「姫様の胸にペンダントがあったのは覚えていますか？　あのペンダントについていた青い宝石、あれも魔空石なのです。いわば王族だけが持つことが許される鍵のような物なのです」

あかねはそう言うと、巨大な扉の中央に刻印された紋章に視線を向ける。

「ああ、あれもそうなのか。だったら俺のもそうなんだろ」

「ええ、もちろん。ですが、魔空石を使いこなすにはそれなりの訓練が必要。魔空石を持っていればいいというわけではありません」

おそらくこの紋章に向かって石をかざすのだろう。

もちろん洋平はなんの訓練もしていない。

とはいえ、説得するべき夢素香《むすか》も、降下用の機空挺《きくうてい》の起動装置とやらもこの扉の先。

「また明日、姫様が心宮から降りて来られた折にお話し合いになってみては？」

「そうするしかないか……」

洋平は思いつつ、紋章に石をかざしてみる……。

「ですから魔空石の使用には訓練が必要です。魔空石はいわば王の力の増幅装置。あれによって王の血が内包する魔力を何倍にも増幅するのです……」

――ゴゴゴゴゴ。

「ゴゴゴゴじゃなくてですね、いいですか。洋平様、王の血族は身体《からだ》に微弱な魔力を帯びています。その微弱な魔力を魔空石に集約させることに……」

――ゴゴゴゴゴゴ。

「ちょっと、なにやってるのですか！　洋平様、開けないでください！」

「いや、えーっと」

紋章が光を放ち、鈍い音を立て扉が手前にゆっくりと開かれる。

「ああ、完全に開いてしまいました……、こんなことが……訓練なしに……。しかも人が説明している途中でやすやすと！」

あかねの声が上ずっている。どうやらかなりのイレギュラーな現象らしい。

「ちょっと触ってみただけだったんだけど……」

「なんの訓練もなしに、魔力による施錠を解除するなんて……！　ありえません」

「そんなに？　紋章が汚れてて反応鈍くなってたとか？」

「そんな凡ミスはありえません！」

「ありえないって言われても、開いちゃったし……」

「もしかしたら、洋平《ようへい》様は血族としておそろしく濃いタイプなのでは……？　まさに王族の血がギンギンの……」

「なんかイヤな表現だな……」

イレギュラーな事態にあかねは狼狽《ろうばい》しきっているが、洋平にとってはその価値が理解できない。

とにかく地上に帰らないと。

――宅配便を受け取るために。時間帯指定を守るために！

洋平は開かれた扉の先に歩を進める。

「……玉座の間です」

あかねは目の前の部屋について少々おびえた様子で説明する。

おそらくあかねにとって無許可で立ち入ることが憚《はばか》られる部屋なのであろう。

たしかに玉座と呼ぶにふさわしい立派な椅子。

そしてその周囲には玉座とは正反対の複雑な精密機器とおぼしき装置が配置されている。

洋平にはその目的も使用方法も理解できない。

そしていまはそれを理解する必要もない。

現在の洋平に必要なことはこの先にいる夢素香《むすか》に会って、帰宅と小型機空挺《きくうてい》の使用を認めさせること。

洋平の視線は玉座の後方にある扉に。

王の門と呼ばれた扉よりふた回りは小さいが、豪奢《ごうしゃ》な装飾は同様。

そして鍵でもある紋章も。

「……古《いにしえ》の時代。まさに空中要塞を空に浮かべた伝説の王が訓練なしに魔空石を使いこなしたとの……。でもそれはまさに伝説……もはや神話の世界の話。なにかの間違いとしか……って、せめて前振りを聞いてから開けてくださいっ！」

洋平はすでに右手に持った魔空石を紋章にかざしていた。

光を放つ紋章。ゆっくりと開く両開きの扉。

その先に現れた光景とは……。

なんと着替え中の夢素香だった！

「なにをしておるっ」

洋平の目を釘付《くぎづ》けにする夢素香の一糸まとわぬ裸体。

白くつやのある肌。

そしてドレスの締め付けから解放された、いまだ成長途中の胸のふくらみ。

おそらくドレスとドレス用の下着を脱ぎ、部屋着へと着替える途中だったのだろう。

完全なる全裸。

議論の余地のない全裸である。

当然洋平《ようへい》に従って中に入ったあかねにとっても予想外の事態。

信じられないとばかりに頭を小さく振るあかね。

「こ、これは、これは古《いにしえ》のラッキースケベ！　神話の時代、古の王もまた、容赦のない開錠によってこのラッキースケベに遭遇したという。しかしそれはまさに伝説。神話の世界の話……」

――これが空中の民に伝わりし、古のラッキースケベ。

洋平ははじめて空中要塞の素晴らしい一面を感じていた。

これならばもう少し空中要塞に滞在するのも悪くない。

洋平はそう考え直していたのだが……。

「この無礼者！　すぐに出て行け！　あかね、こいつを地上に追い返すのだ！」

夢素香《むすか》は必死に両手で自分の身体《からだ》を隠しながら絶叫する。

「いや、もちろん帰るつもりだったんだが、こうなってくると、もう少し居るのもアリかな……。そんな気持ちが芽生えている。そんな昨今だ」

「うるさい、早く帰れ！　そもそも、なぜここに侵入できる……。さては貴様、濃いタイプだな！　ギンギンではないか！　あかね、機空挺《きくうてい》を用意せよ！」

「は、はいっ！」

あれほど帰さないと言われていたのに、むしろ追い出される形に。

こうして王の血族である洋平《ようへい》はラッキースケベにより空中要塞を追われることになったのだった。

ホーム 〉 埼玉県 〉 所沢市 〉 旧所名跡・その他

【埼玉県立空中要塞こばと】

★★☆☆☆ 2.13

58　3　▶もっとみる

エリア：埼玉県　所沢市　**ジャンル：**旧所名跡・その他

子供からお年寄りまで、無料で楽しめる憩いのスポット

所沢市上空に浮かぶ全長一キロほどの流線型の小島。毎年七月には市主催の空中要塞祭りが開かれる。市内をゆっくりと移動しているので場所に関しては確認が必要。

レビュー：★★☆☆☆(ロコミ 58 件)　トップ　写真　地図

真下からはなにも見えません！　（まっくすさん）　★★★☆☆

写真にとってもただの黒い影に見えます。
飛行機などで上から見てもぼんやりしているらしい。ちょっとがっかりです。

ぼったくり！　（ぶく太郎さん）　★☆☆☆☆

近所のお土産物屋さんの空中要塞クッキーがぼったくり。パッケージ以外は味も見た目も普通のクッキー。それが２０００円は高すぎ！　クッキーの間にうすーくホワイトチョコが挟んであったのですが、材料をケチってる感じがして逆にイライラしました。

パワースポット？　（みわさん）　★☆☆☆☆

空中要塞の真下から写真を撮って待ち受けにすると幸運が訪れるとの噂を聞いてやってみたのですが、その三日後に捻挫しました。治療費を請求したいくらいです。

犬が……。　（ごろうさん）　★★☆☆☆

犬を不愉快にさせるなにかがあるようで、ウチのチワワのペロちゃんがずっと歯をむき出しで空中要塞に向かって吠え続けていました。チワワの野生を感じて怖かったです。

2

KOBATO

「空中の収入源！ ネーミングライツ」

空中要塞に拉致られた翌日。

洋平《ようへい》は通常通り登校していた。

結局は機空挺《きくうてい》に押し込められる形で帰宅許可を得、地上への帰還を果たした洋平であったのだが。

「これで済んだとは思わないでくれたまえ。これまでの暮らしを尊重し、明日の通学は許可しようではないか。しかし授業が終了次第、またここへと戻ってもらう。これは約束である。せいぜい学友に別れを告げてきたまえっ！」

機空挺の降下直前、夢素香《むすか》はそう宣言した。

その後、空中要塞から機空挺が切り離され、自宅の近辺に降下。

なんとか帰宅を果たしたのだった。

そしてその翌日である今日。

洋平は通学のために家を出たのだが……。

——つけられているな。死ぬほどベタに……。

絵に描いたようなロボットが絵に描いたように電柱の陰に隠れている。

どうやら危害を加えるつもりはないようだが、複数のロボットが一定の距離を取りながら、洋平の行動を監視し続けている。

いまも廊下の窓から校門付近をちらっと見たところ、門の陰にずっと立って待機を続けている。

おそらく学校を出た瞬間にもう一度拉致る予定だろう。

本来であれば交番に駆け込む案件だが……。

――おそらく無駄だろう。

洋平はそう判断する。

この街の住人であれば誰でも知っていること。

所沢《ところざわ》市は国家戦略特別区域、空中要塞特別区に指定されており、空中要塞事業に関する条例三条に定められている通り、空中要塞本体、およびその付属物によって発生した事件は県警の管轄とはならず、別途空中要塞の民と県知事の協議によって解決する。そんな日本が開国した当時のような条約が結ばれている。

洋平も小学校時代の社会の授業で習ったのだ。

とはいえ、基本的にこれまでトラブルらしいトラブルが起こった記憶もなく、市民にとってはちょっとした豆知識レベルの話。

まさか自分がロボットに狙われるとは……。

――別に身の危険があるわけでない。それは確定している。

洋平《ようへい》は王の血族として、そして夢素香《むすか》の婚約者として空中要塞に拉致られた。

したがってあのロボにも身の安全を守られることはあっても危害を加えられることはない。

その点は安心。

問題は……。

いかに地上での生活を守るか。

洋平は現在高校二年生。

別にスクールライフが充実しているわけではないが、かといって、ここで高校生活というか地上の生活すべてを諦めるには決心がつかない。

とはいえ、一男子として、突然現れた婚約者（可愛《かわい》い）を無下に扱うことなどできない。

彼女は欲しいが、空中に監禁は困る……。

この状況をどうするべきか？

そんな不安と悩みを抱えながら授業を受ける。

「おい、ちょっと話が」

終業を告げるチャイムが鳴った直後。

洋平は同じクラスの大河原達真《おおがわらたつま》の席へと駆けつける。

達真は洋平にとってクラスで唯一の何でも話せる友人。

何でもといっても、最近観《み》たアニメの感想、読んだ漫画の感想、ネットで観た動画の感想。そういった類のものをやたらと上から目線で語り合うばかりで、深い話などしたことはないが。

「どうした、この僕に話してみるがいい」

達真は一言で言うと眼鏡キャラだ。

さらさらの黒髪に黒ブチ眼鏡。ちょっとサディスティックな涼しげな目元。

腕を組んだ状態から右手を伸ばし、顔を覆うように手のひらを広げ、眼鏡をクイッと上げる。かなり厨二《ちゅうに》っぽい仕草だ。

「ちょっと変わったことに巻き込まれてな……」

洋平はさっそく昨日起こったことをなるべく丁寧に達真に話して聞かせる。

いきなりさらわれ、そして求婚され、空中要塞住みにされそうになったこと。

「なるほどね。つまり君はお別れの挨拶をしにきたってことだね」

「いや、全然違う！」

達真はシュッとした眼鏡キャラっぽく分析と断言めいた口調を好むが、別に賢くはないという大変愉快な男。「単なる眼鏡」という恐ろしいあだ名を頂戴し、それをまったく気にしない男でもある。

　もちろん視力を落とした理由も単にゲームのやりすぎなのだ。

「俺はまだ学校生活を続けたい！」

「へえ、意外だな」

「どうして？」

「だって固執するほど、楽しい高校生活送ってないだろ？」

「おい、オブラートは所有していないのか！　そういうお前だって！」

「僕は君よりはちょっとマシだね。確かにクラスの主要メンバーではないが。持ち前の思ったよりは素直な性格でスーパーサブ的なポジションには収まっている」

「クール眼鏡風の外見でそんなポジション狙うなよ……」

「別にいいじゃないか。さっき一軍たちはバーベキュー行こうぜ的な話をまとめていたぞ。僕はともかく君が誘われる可能性は低い！　むしろ君は空中要塞の民となり、空中要塞をバーベキュー会場の上に移動させてずっと日陰にしてしまうがいいさ！」

「しょうもない嫌がらせ！　むしろ悲しくなるわ」

　洋平《ようへい》はそもそも超インドア派。そんな屋外イベントは誘われても断るタイプ。

　バーベキューなど勝手にやっていればいい。

「まあいい。とにかく君はこの学校生活を放棄したくないってことだね」

「まあな。たしかに地味だが、悪くはないって思ってはいる。こうやって達真《たつま》とぐだぐだ喋《しゃべ》りながらゲームのデイリー回すのも、気に入ってる」

「なんだ。そう思ってくれていたのか。意外だな。ならば、これからも僕とともに過ごそうじゃないか。空中要塞の王族のポジションを捨て、この平凡な日常をね」

「いや、達真、そうじゃないんだ……」

「ん？」

「空中要塞の王族ポジションもキープしつつ、この日常も欲しいなと」

「どういうことかな？」

「できれば通いで空中要塞の王族やりつつ、同時に地上で日常生活を送りたいなと」

「洋平、いつからそんなわがままに！　一体なぜ君はそんな自己主張の強いタイプになったんだ？」

達真は眉をひそめていぶかしがっている。

「それは……。可愛《かわい》かったから……」

目をちょっと伏せて、ぼそりと呟《つぶや》く洋平。

「なにが？」

「……婚約者というか空中要塞の主《あるじ》が可愛かったから……」

さすがの洋平もこんな話を友人にするのは少々照れる。

「達真《たつま》もわかるだろう。日常生活も守りたいが、可愛《かわい》い彼女も欲しい。あんな携帯の電波が圏外の場所に住みたくはないが、可愛い子とイチャイチャはしたい！」

洋平《ようへい》の正直な気持ちの告白を聞き終えた達真。

その眼鏡のレンズが鈍く光を放っている。

もしかして怒っているのか……？

「洋平、君はなんて勝手で、なんて自己中心的な考えを……。と言いたいところだが、非常にわかる」

「お、おう」

なんとわかってくれた！

「性欲に忠実なその気持ち、健全な性欲を持つ眼鏡として理解できる。かく言う僕もクラスの全女子を性的な目で見ているからね」

前髪をナルシスティックにかき上げながら、そう断言する達真。事実、この男は女子と会話する機会があるときはずっと胸を見ながら話す。これこそがこの男がクールな眼鏡キャラ的ビジュアルを持ちながら一切モテない理由なのだ。

「言うだけ言ってみて良かった」

「それでなにか手はあるのかい？」

「それで……？」

「空中要塞の姫は地上の暮らしをゴミ呼ばわりしていてだな。まったく価値を感じていない。むしろ空中で暮らせることに喜びを感じるべきだと考えている」

「なるほど……。そうなってくるとやるべきことはひとつだね」

洋平の意図を察してか大きくうなずく達真。

「そう。俺はヤツに地上の素晴らしさを理解させる！　地上はゴミのようではないことを。むしろ空中要塞の暮らしよりも楽しいことを。そうすれば空中に軟禁されることなく、地上でつき合うことができるはず」

ついには立ち上がり熱弁を振るう洋平。

「どうも君の恋路の手伝いをしている気がして気持ちが悪くはあるが」

「たまにはいいじゃねーか。それで、どうしたらいいと思う？　どうすれば空中要塞の姫は地上が好きになる？」

洋平の狙いは空中要塞に地上の物品を持ち込み、夢素香《むすか》に地上を好きにさせること。

しかし洋平には女心が分からない。

そもそも普通の女子が興味を持つものについても理解できないのに、空中要塞女子の興味を惹《ひ》くグッズとなると皆目見当がつかないのだ。

そこで唯一のなんでも話せる友人、達真に相談したのだ。

そんな全力の相談に達真はノータイムで答える。

「甘い物だね」

きらりと輝く達真《たつま》の眼鏡。

「甘い物か……」

……達真は洋平《ようへい》の同類、女子との交流少な目のタイプ。そしてバーベキュー的な催しには呼ばれないタイプ。つまり達真は女性に喜ばれるアイテムを尋ねるには眼鏡の度数が高すぎるのだ。

「ありがとうな。眼鏡キャラとは思えないほどの短絡的な回答を」

「いや一見短絡的だが、これは有史以来の事実だね。女子は甘い物が好き。洋平の話から察するに、空中要塞の甘い物など柿とかだろう?」

達真の口調もまた熱を帯びている。

洋平はその口ぶりと眼鏡の輝きから相当の自信を感じる。

夢素香《むすか》とて十代の女子。おそらく甘い物は大好き。そんな女子が地上のスイーツの美味《うま》さを一度味わってしまえば、絶対にまた食べたくなる。

そうなれば、むしろ行動の自由を与えまたスイーツを買ってきてもらいたい。そう思うはず……。

短絡的ではあるが、世の中、シンプルなことほど功を奏するもの。

そもそも洋平にはのんびりしている時間がない。

常にロボットに監視されている身。

いつ再度拉致られても不思議はない。複雑な逃亡工作や説得のための作戦を立案している余裕はないのだ。

この場面では手早く買えるスイーツは選択肢として悪くない。洋平はそう考え直す。

「となるとなにがいいかな？」

「本来であれば、十万石《じゅうまんごく》まんじゅう、もしくは川越《かわごえ》銘菓くらづくり本舗の〝べにあかくん〟などが最適だろうが……」

「残念ながら西武《せいぶ》百貨店まで行ける余裕はなさそうだな」

現在ロボットはまだ待機中。

すでに放課後であること考えると、それほど時間をおかず拉致られるだろう。

そうなるとそれほど遠くには行けない。

必然的に目的地は学校から一番近くにあるコンビニ・デイリーヤマザキとなってくる。

「これはまるごとバナナだな」

強くはっきりと輝く達真の眼鏡。まるで本人の強い確信を表しているかのようだ。

「本格的に短絡的だな」

「そうかな？　女子はバナナが好きだろう？」

「ゴリラじゃねーんだから」

「いや、絶対いけるよ。バナナに生クリーム。女を捕獲する罠《わな》を仕掛けるとしたら、おびき寄せる餌はまるごとバナナだね」

「どこに仕掛けるつもりか知らんが……。蟻《あり》にたかられるぞ」

「包装を剥《む》いて仕掛けるとは言ってないし。とにかく女子を釣るならまるごとバナナだ」

「うーん。そんなもんか……？」

まったく納得がいっていない洋平《ようへい》であるが、かといって、別の物を挙げられるかといえばそうでもない。

なにせ女性に対する知識ゼロとゼロが額を突き合わせて相談しているのだ。

そもそも明確な答えなど出るはずもない。

ふたりによる結論の出ようのない議論。

本来であれば答えの出ないまま延々と平行線をたどるはずだったのだが……。

それを打ち破ったのは見張りのロボットだった。

なにかしらの指令が出たのかゆっくりと洋平に接近している。

ブレザーのロボットが前の扉から教室に侵入。そしてジャージの一体が後ろの扉から。

洋平を再び拉致るべく、一歩、また一歩と近づく。

その歩みを止めたのは達真《たつま》だった。

ブレザーのロボットに胴タックルを入れる達真。

「ここは俺に任せて先に行くんだ！」

振りほどこうとするロボットの胴体に必死にしがみついている。

「達真っ！」

「いいから行け！　絶対にまるごとバナナだ！　まるごとバナナを手に入れるんだ」

そう言うとビシッと右手の親指を挙げる達真。

「すまんっ！」

洋平はカバンを掴《つか》むと全力でダッシュ。

もみ合っているブレザーのロボと達真の脇を抜け教室から脱出する。

一番近いコンビニまで距離は三百メートルほど。

階段を駆け下り、一気にコンビニまで走り抜ける。

◆

学校から最寄りのコンビニ、西所沢《にしところざわ》駅前のデイリーヤマザキ。

「いらっしゃいませ！」

駆け込んだ洋平を明るい店員さんの声が迎える。

幸いロボットはパワーはあるが移動速度は遅め。かなり引き離すことができたはず。

この隙に……。

洋平《ようへい》は息を整えつつ、店内のスイーツコーナーへと向かう。

目指すは女性の憧れの的、まるごとバナナ。

――あった。

さすがまるごとバナナ。存在感バツグン、すぐに見つかる。

これを所持したまま空中要塞に拉致られる。そしてさりげなくまるごとバナナが夢素香《むすか》の目に留まるように誘導し……。

――まるごとバナナじゃない気がする！

洋平は触れる寸前まで伸びていた手を急に引っ込める。

まるごとバナナは確かに美味《うま》い。

バナナにたっぷりの生クリーム。黄金の組み合わせだ。

しかし現在の時刻は午後四時。

このタイミングでのまるごとバナナは重いのではないか？

しかも夢素香はかなり小柄で華奢《きやしや》。

夕食前になにかしらをまるごと食べるキャラではないかもしれない。

――どうする？

素早く店内を見渡す洋平。

まるごとバナナ以外に女子が大好きな物は……？

すでに店の外にブレザーとジャージのロボットの姿が見える。

もはやほとんど時間は残されていない。

洋平は選ばなければならない。自らの今後の自由を賭けて。

――これだっ！

洋平が手にしたのはアルフォート！　帆船のマークでお馴染《なじ》みのブルボンのチョコレート菓子だ。

理由はただ単純に自分が好きだから。

洋平にとって美味《おい》しいお菓子といえば物心ついた頃からアルフォート。ホワイトもいいが、やはりノーマルのアルフォートこそ至高。

洋平には女子が好きなお菓子など分からない。その上生まれも育ちも空中の女子の好みなど知る由もない。ならば自分が信じる物に託すしかないのだ。たとえ失敗しても後悔はない。そう思えるお菓子。それがアルフォートなのだ。

アルフォートを握りしめレジへ。

会計を済ました洋平は堂々とした足取りで出入り口へと向かう。

待ち受けているロボットの元へ。

ロボットの手が蛇のように絡みつき洋平の身体《からだ》を拘束する。

一切抵抗することなくされるがままの洋平《ようへい》。

すでに装備は整っている。

あとはアルフォートの帆船が自由への航海へと連れていってくれるはずだ。

◆

空中要塞こばと内部、迎賓の間。

結婚式場くらいでしか見かけない絵に描いたようなクラシカルなテーブルと椅子。

その椅子に腰かけ、ひじ掛けにゆったりと身体《からだ》を預けるドレスの美少女。

その美少女が洋平の姿を見るとぱっと顔色を変え、たたたたと駆け寄る。

まるでご主人の帰りを発見した柴犬《しばいぬ》のよう……。

「学友との別れは済ませたか？　ゴミのような学校であるとはいえ、別れは辛《つら》かろう。洋平殿には辛いことをさせてしまったが、寂しい思いはさせぬぞ。我々と新しい生活がはじまるのだから」

夢素香《むすか》は少し恥ずかしそうに顔を赤らめながらもそっと洋平の手を取る。

口ぶりは相変わらず尊大だが上目遣いで「大切にするぞ」とささやかれては、洋平もそれも悪くないかなとそんな気になりかけてしまう。

「別に普通にすごしてきたよ。別れなど告げずに」

「よろしいのですか？」

従者であるあかねが少し心配げに尋ねる。

「よろしいもなにも、今後も通学するつもりだし」

「気持ちの整理がつかないのはわかりますが、どうかご理解いただきたく。この空中要塞こばと存続のためには他の選択肢はないのです。親御さんの了承も得られましたし」

「得られちゃったの！」

あっさり取れる親の許可！

洋平にとってもそこが一番の驚きのポイントだ。

いい加減で放任主義の両親ではあったが、まさか空中要塞の姫との婚約及び空中要塞での暮らしに許可を出すとは……。

空中要塞が出現して九年、すっかり街に馴染《なじ》み、日常化している。そのために、空中要塞暮らしも、寮生活レベルにしか考えてないのかもしれない。

「ご両親は年に数回この迎賓の間での面会を許可する旨を伝えたら、納得しておられたぞ」

「むしろ安定した就職先が見つかったと喜んでおられました」

慣れた手つきでお茶の用意をしながら、さらっと付け加えるあかね。

「ああ、そう……仮にそうだとしても俺の人生は俺が決めるから。学校は卒業するまで行くつもりだよ」

「なぜだ？　どうせ今日も役にも立たぬゴミのような授業をゴミのような義務感で聞き流しておったのであろう？　いいではないか。さっさと辞めて、ここで私とイチャイチャとした暮らしを送りたまえっ！　たまえったらたまえっ！」

洋平《ようへい》の袖をぎゅうぎゅう引っ張るあかね。

「いや……決めつけが恐ろしいな。それなりに積極的に授業に参加してるし」

「そうに決まっている。聞いたことがあるぞ。地上の民はそれなりの大学に行くために、言われるがままにπをかけたり、行かぬ国の輸出品を覚えたり、漢文にレ点を打ったりしているのであろう」

「……悪いのかよ」

「そのような生活はゴミのようだ！」

「学校の勉強バカにすると子供っぽいよ。ちゃんとそれぞれ役にも立つし……」

「役に立てる気などないくせに！　主体性のない勉学などゴミである。空中の民となり、そのようなことから解放されたまえっ！　ここで取り戻すのだ。風を感じ、雲と太陽を感じる生活を」

拳を振り上げ、なおも熱弁する夢素香《むすか》。

空中要塞の民はそれぞれ生まれながら職分が決まっており、その職分を全うする。

羊を飼う者、麦を育てる者、要塞の機器を補修する者、それぞれに身分の差はなく、ひとしく分かち合う。夢素香の前に平等な社会。

欲にまみれることなく、足るを知り、熱心に自分の仕事に打ち込む。

そのような社会から見ると地上の世界はなんとも醜く感じるのだと言う。

「学問を修める気もないのに学問をし、他人の目をうかがいながら、レールから外れぬために進学する。くだらぬ、そうは思わぬか洋平殿」

「そういうシステムなの」

夢素香と言い争っている間に着々とお茶が用意されており、洋平の前にもティーカップが用意され、琥珀《こはく》色の紅茶が注《つ》がれている。

そしてテーブルの中央にはやや大きめの陶器の鉢。

そこには黄色い果実が盛られている。洋平にとって見覚えがあるようなないような……。

「今日採れたビワでございます」

あかねがすかさず説明を加える。

「食べてみるがいい。旬の物を新鮮なうちにいただく。これに勝る美味はない」

夢素香が軽くあごで合図すると、あかねが皿を用意しビワを取り分けてくれる。

ビワ……。

もちろん名前は知っているが、こうやって生で食べた記憶はない。

まったく食べたことがないわけではないはずだが……。

果物のなかでもちょっと地味というかマイナーな印象。

「ほら、私が自ら手で剥《む》いてあげよう。これは堂平山《どうだいらさん》と呼ばれる空中要塞独自の品種、寒さに強く日照時間の長い空中での栽培に適しておる。甘くて大きな実をつけるのだ。この私が自らビワの皮を剥くなど異例中の異例。我が夫となる洋平《ようへい》殿だから特別、感謝したまえ！」

夢素香《むすか》は口ぶりに反して、なんとも楽しそうにビワの皮を剥くと、それを洋平の口の前に差し出す。

洋平の鼻先に提示される濃い黄色の果実。

夢素香の細く綺麗《きれい》な指に挟まれてプルプルとかすかに揺れている。

「ほら、あーん、であるっ！　開口したまえっ！」

ちょっぴり照れながらも口調は強気。

なんとも威厳のある「あーん」だ。

洋平は素直に従い、果実を口に入れる。

空中要塞上で栽培されたビワ。おそらく完全無農薬の有機栽培だろう。

口いっぱいに広がるみずみずしい甘さとビワの香り。

「うん。普通だな……あと種がデカい」

思わず感想が口に出る。

「普通とはなにごとだ！」

目を丸くして、椅子の中でひっくり返らんばかりの夢素香。

「いや、悪気はないよ。自然な甘さがあるし、香りもいい感じで……。それで、……まあ、普通だなと」

「なぜだ！　甘さも香りもあってなにが普通なのだ！　説明したまえ」

ついに椅子から立ち上がり拳を振り上げる夢素香。

「説明もなにも、単純にこんな味かなって思った味だったってだけで……」

「洋平殿、季節を感じたのか？　旬を？」

「だから感じてるって。ちょっと面倒くせえよ。お婆ちゃんみたい」

「感じているならばそんな感想になるはずがない」

「いや、美味《おい》しかったよ。ただね、俺も食べてほしいものをたまたま持っててさ」

洋平の目が怪しく輝く。

まさに絶好の好機。

洋平にとっての自由への切り札。その使いどころだ。

「ちょうど、これを持ってなければ、素直に美味しいと言えたんだろうけどさ」

制服のポケットに隠し持っていたアルフォートをテーブルにすっと差し出す。

「こ、これは……？」

「アルフォート。地上の民のティータイムを彩る素敵なお菓子だ」

洋平《ようへい》はそう言いながら、パッケージを開け、トレー状の箱を引き、展開させる。

綺麗《きれい》に並ぶ帆船の描かれたチョコビスケット。

「ほほう。これが、地上の民の……、ふーん。くだらぬ」

夢素香《むすか》は興味なさそうな態度を取ろうとしているが、その目はアルフォートに釘付《くぎづ》け。

顔を背けようとはしているが、目の端でアルフォートを捉え続けている。

「まあ、そう言わずにひとつ」

洋平はアルフォートの箱を掴《つか》んで、夢素香の顔の前へと差し出す。

チョコレートの甘い香りに誘われてかすかに鼻を動かす夢素香。

「私は誇り高き空中要塞の主《あるじ》。地上の民のおやつなど口にすることはない。……が、未来の夫である洋平殿のたっての願いとあれば……」

「姫様、よろしいのですか？　このような怪しげな物を……」

あかねは不安げな顔をしているが、夢素香は躊躇《ちゆうちよ》することはない。

細い指でアルフォートをひとつつまみ上げる。

「安心したまえ、なに、死にはしない。ふふ、それにしても、なんだこの帆船マークは？　おそらく自分たちの技術力を見せつけておるのであろうな、こんな難しい図形も彫れるのだと……ふふふ、けなげなことだ。しかし、空中の王である私の口に果たして…………

……ぐはっ、美味《おい》しいっ！　なんだこれは、美味しいではないか！」

アルフォートをひと齧《かじ》りした直後、身もだえする夢素香。

まるで劇薬が身体《からだ》に回ったかのように身体を震わせ、椅子から崩れ落ち、七転八倒している。なんと大げさなリアクションだ！

「姫様っ！　大丈夫ですか？」

「ぬう、身体に問題はない。食べてみよ。この美味《うま》い物質を」

震える指であかねの口にアルフォートをひとつねじ込む。

「……えっ、美味しいですっ！　そんなっ！　甘味《あまみ》が……脳を突き抜けます」

「美味い。美味すぎる。まるで風が語りかけてくるかのよう……人類の味覚が受け止められるレベルを超えてしまっている。ぬううう、舌がっ、舌があああああ！」

顔を両手で覆い絶叫する夢素香。

なんとか立ちあがるが、フラフラとよろめいている。

「そんなに？」

渡した本人である洋平にとっても意外過ぎるリアクション。

「そんなにだ！　まさか地上の民のおやつがこのような……。洋平殿、これは本当におやつなのか？　もしかしたら怪しい……聞いたことがある。地上には危険ドラッグなるものが存在していると。まさか……」

「違う！　アルフォートはもっと素敵なものだ！」

「そ、そうか。なんとなく名前の響きが怪しげだったし」

「一切怪しくなどない！　アルフォートとは夢や冒険、ロマンをイメージして考え出された造語だ」

「そんなイメージが……。言われてみれば、ロマンあふれる響きである気もしてきたな。しかし、いずれにせよ、これは危険である！」

「どうして？」

「美味《おい》しすぎる！　このような美味しい物を持ち込まれては、秩序が乱れる。そう思わないか？」

「はい。このようなものを持ち込まれては、空中の民はビワを作る気が失《う》せてしまいます。アルフォートでいいじゃん、と」

深々とうなずき、同意するあかね。

「いや、ビワはビワで美味しいと思うけど」

「嘘《うそ》だ！　それはアルフォートを食べなれた人間の余裕、いつでもアルフォートが食べられるからこそ、そのような情けをかけることができるのだ！」

「そんなんじゃないけどな」

「いや、そうに決まっておる！　とにかく秩序が乱れる。なんと危険な」

「それでは今後地上からアルフォートを持ち込むことを禁止しますか？」

あかねが夢素香《むすか》に耳打ちする。

――予想外の展開！

地上の菓子で餌付けして、行動の自由を勝ち取るつもりが……。

まさかの禁制品に。

「そこまでしなくても！　どこでも買える普通のお菓子だよ」

「洋平《ようへい》殿にとっては普通のお菓子でも空中の民にはそうではない。そもそも一度これを食べたらまた食べたくなる。しかし、我々空中の民の現金収入は限られている。ほぼすべてが空中要塞のネーミングライツによって埼玉県から払われるもの。それをお菓子代になど使えん」

空中要塞こばとは最初から『こばと』だったわけでない。

所沢《ところざわ》市上空にその姿を現した時には名前などなかった。

それが埼玉県知事と空中要塞の主《あるじ》である夢素香との会談によって、命名権を貸与。

その結果、県民、そして市民に親しまれる空中要塞を目指し『こばと』と名付けられたのだった。

「まさしく、仮に予算的に余裕があっても、このような甘みに慣れてしまってはもはやビワを食べるものがいなくなってしまいます」

「これもこの地のビワ生産者を守るため……やむを得ぬか」

夢素香《むすか》は窓の近くに歩み寄ると、外の景色に目を遣《や》る。

広々とした草原。そのすれすれをゆったりと流れる雲。

ずっと先に背の低い果樹が見える。あれがビワの木だろうか。

苦い顔で果樹を見つめる夢素香。

まさに苦渋の決断を下そうとしているが……。

しかし洋平《ようへい》としてはその決断を下させるわけにはいかない。

「もうひとつ食べてから判断してもいいんじゃないか？」

洋平はアルフォートをつまむと夢素香の口元へと持っていく。

小ぶりで愛らしい口の前でひらひらと揺れるチョコレートの帆船。

夢素香は厳しい表情でそれをしばらく眺めていたが……。

――パクリ。

食べた！　パン食い競争のように口だけで洋平の手から直接食べた！

餌付け成功！

洋平は確信する。

一度この味を覚えてしまっては、アルフォートなしの生活になどもはや戻れないことを。

小動物の如《ごと》くもぐもぐと動く夢素香の口元。

しばらくして、ごくりと飲み込む。

「うむ……。特別な場合は許可することにするか……。記念日、あと大安、友引には食べてよいことにする」

早めの妥協！

完全にアルフォートに気持ちを奪われている。

洋平はこの隙を見逃さない。

「となると、アルフォートを買ってくる人間が必要だよね。そうなると俺を学校に通わせておいた方がいいんじゃないかな？　そうすればアルフォートを学校帰りに買うかもしれないよ」

「ほほう……、確かに……」

一瞬夢素香の目がきらりと輝いたが、すぐに冷静さを取り戻す。

「いや、しかし、王となる洋平殿にそのようなことをしてもらわずとも、外務官の者を派遣し入手させれば」

魅惑的な申し出ではあるが、空中要塞の主《あるじ》として、そして洋平の婚約者としての立場がある。そんな逡巡《しゅんじゅん》が察せられる。

――ならばもうひと押し。

洋平《ようへい》はカバンの中からもうひとつのお土産を取り出し、テーブルの上に置く。

それは……まるごとバナナだった。

アルフォートに賭ける。そう思った洋平であったが、即座に、別に一点に賭けなくてもいい。まるごとバナナも買っておくべき。そう考えを変更し、拉致られる前に購入しておいたのだった。

「ふむ？　それはなんだ？　私によく見せたまえ」

身を乗り出してあらゆる角度からまるごとバナナを観察する夢素香《むすか》。

好奇心いっぱいでどうにも子供っぽさを感じる。

その無邪気さに乗せられて、洋平もちょっと大げさに解説をしたくなる。

「これはまるごとバナナ。地上の全女性が好物とする食べ物だ」

「地を這《は》う女どもの全員が……。これを……」

「そう。まるごとバナナをまるごと食べる。それが女性の喜び」

「ほほう。それは、それは……そそられるのう」

夢素香は目を爛々《らんらん》と輝かせ、まるごとバナナを見つめている。

「いけません。姫様、そのような顔をなされては。もっと威厳と気品を」

「わかっておる。しかし、見たまえ。なんとも美味《おい》しそうではないか！」

「そうですが……まるごとバナナを食べたそうにしている姫様がなんとなくはしたない気

がしてなりません！」

「そうであるか？　そんなことあるまい。洋平殿？」

「まったく問題ないよ」

洋平はしっかりとうなずき、まるごとバナナのパッケージを剥《む》いてあげる。

夢素香の鼻先に掲げられるまるごとバナナ。

それをうるんだ目でしばし見つめていたが……。

——ぱくりっ！

夢素香は身を乗り出し、まるごとバナナの先端に全力で齧《かじ》り付《つ》いた。

またしても餌付け成功。

今ごろ夢素香の口の中にはバナナと生クリームそしてスポンジケーキの柔らかな食感、その三重奏が盛大に奏でられていることだろう。

「舌がっ、舌がああああ。美味しいいいいい」

全身を駆け抜ける甘味《あまみ》に反応して、身体《からだ》を震わせる夢素香。

頬《ほお》を赤らめ、恍惚《こうこつ》の表情。「はぁぁ」と漏れる小さな吐息。

ふらふらになりながらも手招きであかねを呼び、食べるように促す。

さすがにあかねは洋平の手から食べるのではなく、しっかりと受け取ってからまるごとバナナを頬張《ほおば》る。

「うっ……はぁあああっ」

夢素香《むすか》と同様に身を震わせるあかね。

グラマスな身体《からだ》をくねらせ駆け巡る美味《おい》しさに悶絶《もんぜつ》している。

どうやら空中要塞の民はスイーツにことさら弱いようだ。

「これはいかん。このような物を食していたら、味覚がおかしくなってしまうではないかっ！　なんと危険な……」

「まるごとバナナを禁止しますか……？」

「うむ……」

「まるごとバナナの存在を空中の民が知ってしまったら……。食文化が大変なことに」

「そうであるな………。よし、厳重な管理の下、一定の分量のみの食用を許可しよう」

結局食べる方向で進行する夢素香。

やはり一度食べてしまってはその魅力には抗《あらが》えないのだ。

「やっぱり俺が買ってきた方がよくないか？」

「なぜ……？」

「だって空中要塞の人はどれが美味しいか知らないだろ？」

「それは……そうである」

「そもそもこういうスイーツの移り変わりは激しいから、まめにチェックしていないと掘り出し物を見逃すし、なにより俺が買ってくれれば秘密が守れる。こっそり食べられるぞ」

「……こっそり」

「そう。俺と夢素香しか入れない区域があるんだろ。俺が買ってきてやるから、そこで」

「ふふふ……ふたりっきりで、こっそりまるごとバナナ。ふふふ……」

夢素香が露骨にほくそ笑んでいる。

なんとも嬉《うれ》しそうに……。

後ろ手に組み部屋中をグルグル回りながら、思案を巡らす夢素香。

「なるほど、空中要塞の主《あるじ》としての威厳も保たれる上にイチャイチャできる……ふふふ……くくく……インドラの矢ともお菓子パーティーとも呼ばれる宴《うたげ》を」

露骨に漏れる心の声。

もはや完全勝利は間近。

「家から学校には通いつつ、ここにも顔出す形にしようよ。暫定的に」

「暫定的にか……。ふむ。移行期間は必要かもしれぬな」

夢素香は自分で自分を納得させるかのような口ぶり。

自分がお菓子で釣られたと思いたくないのだろう。

「よし、じゃあ、次はガルボでも持ってこようかな」

「ガルボ……。聞いたことがある。たしか熱線を放射する古代兵器……」

「違う。話の流れ的にお菓子でしょ。そこは！」

「ふむ、わかった。ならば……現在をもって任命しようではないか。洋平《ようへい》殿を私の婚約者兼空中要塞こばと王室付き特別補佐官に！」

「えっと……なにそれ？　なにするの？」

「任務は多岐にわたる」

「多岐にわたってなにを……？」

「それは……追って伝える」

「もしかして今考えている？」

「う、うるさい。そんなことない」

と言いつつ、顔を真っ赤にしている夢素香《むすか》。

動揺を悟られまいと、洋平から視線を外して言葉を続ける。

「例外的に特別補佐官の地上での調査活動を認める。常に地上の情勢、流行、風俗、食生活、特に甘味《あまみ》を調査し調査資料と共に私に報告せよ。よろしいな」

「かいつまんで言うとお土産持ってくれば当分は地上の生活も認めるってことね」

「だから、かいつまむのではない！　追って正式な任命書が出されるであろう」

夢素香は強引にまとめると、くるりと反転。

洋平に背を向ける。

用件はこれにて終了ということだろう。

「じゃあ、今日は帰るけど、またすぐ顔出すから。ガルボ持って」

「すぐに持ってきたまえっ！　明日にはガルボを特別な資料として確認したい。忘れないように！」

ある日、突如として拉致され、空中要塞の王となることを運命づけられた男子高生、黒《くろ》田《だ》洋平――。

洋平はこうしてアルフォートとまるごとバナナを駆使し己の自由を勝ち取ったのであった。

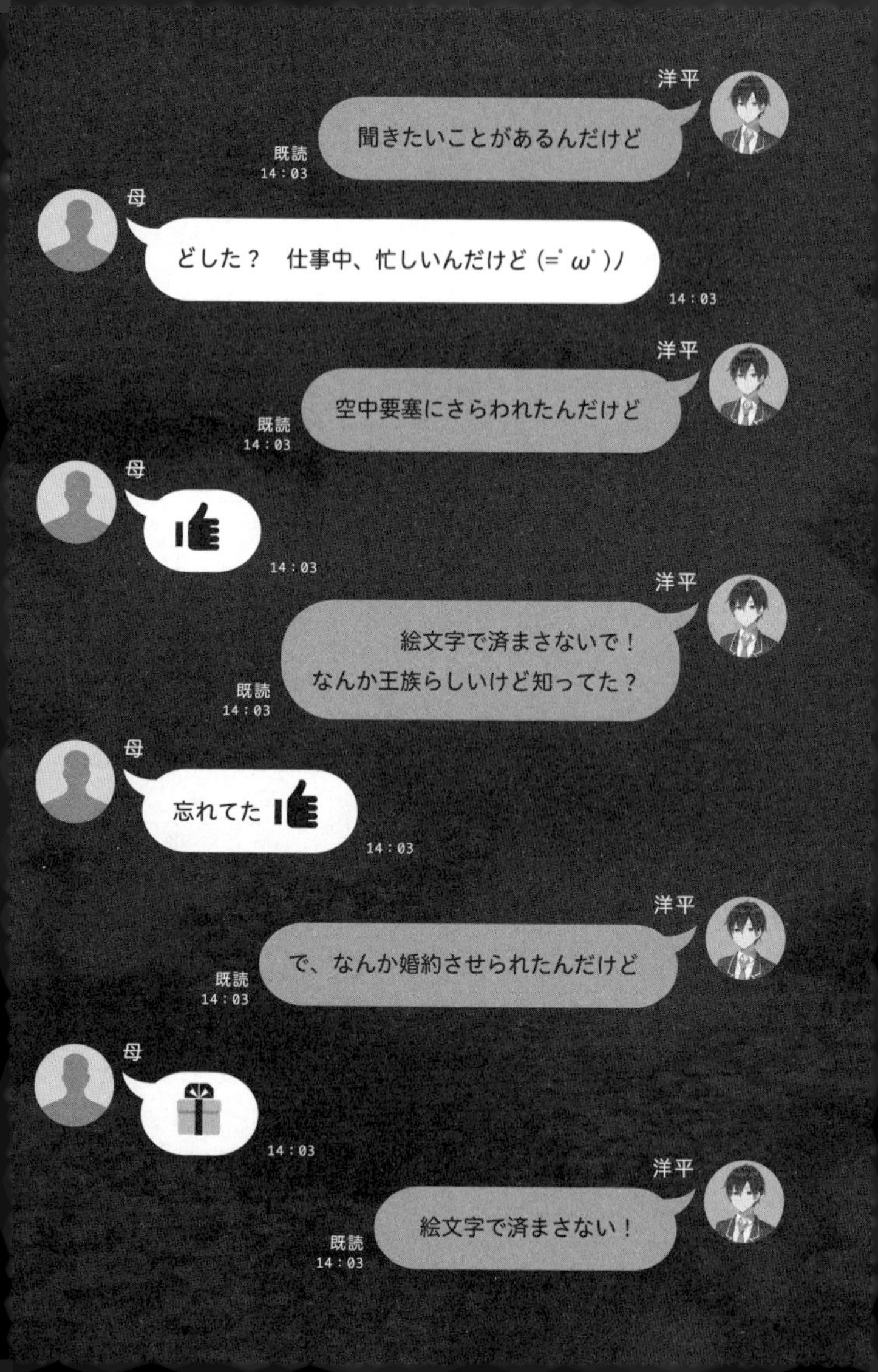
洋平
聞きたいことがあるんだけど
既読
14：03
母
どした？　仕事中、忙しいんだけど (=ﾟωﾟ)ﾉ
14：03
洋平
空中要塞にさらわれたんだけど
既読
14：03
母
14：03
洋平
絵文字で済まさないで！
なんか王族らしいけど知ってた？
既読
14：03
母
忘れてた
14：03
洋平
で、なんか婚約させられたんだけど
既読
14：03
母
14：03
洋平
絵文字で済まさない！
既読
14：03

3 KOBATO 「ガンジーでもキレるダサさ！　公式グッズ」

週末、日曜日の空中要塞こばと。

洋平《ようへい》は午前中からさらわれていた。

「まさか土曜日、丸一日、家から一歩も出ないとは……。ずっとさらおうと待っていたのだぞ」

夢素香《むすか》はさっそく調査資料であるガルボに舌鼓を打ちながら、そう言った。

たしかに洋平は土曜日は完全に一日中引きこもっていた。

そして明けて日曜日、洋平は自宅近くのコンビニへ。

約束のガルボを購入したところ……。

店を出ると、すでにロボットと機空挺《きくうてい》が待ち構えていた。

ロボに機空挺に押し込まれ、空中へ。

そのまま迎賓の間に。

よほどガルボが食べたかったのだろう……。

「休みは家でゆっくりしたいんだけどね」

「喜びたまえ、お菓子を買ってくる以外の特別補佐官の任務が正式にまとまったぞ」

夢素香《むすか》はすでにガルボをひと袋食べ終わる直前。

一粒、一粒に身もだえしながら、その手を止めることができなくなってしまったようだ。

「……それで、その任務って？」

「洋平《ようへい》様は空中の民、しかも王族にもかかわらず地上生まれ、地上育ち。その地上に関する豊富な知識は我々空中の民の中では群を抜いています。その知識をお借りして、特別に地上に降りることを認める代わりに、空中要塞こばとが抱えている諸問題の解決に尽力していただければと」

夢素香に代わってあかねが答える。

「具体的には？」

あかねがチラリと夢素香に視線で合図を送る。

それを受けて「えへんっ」と大仰に咳払《せきばら》いしてみせる夢素香。

「まず第一に、反対派との交渉。第二に、地上との交易による現金収入の回復。そして第三に、私とイチャイチャすること！」

夢素香は任命者らしく洋平の前で仁王立ちし、堂々とそう宣言した。

「イチャイチャ？」

「洋平殿は私の婚約者。最優先でイチャイチャしてもらうっ！」

「お、おう……」

こんな勢いでイチャイチャせよと命令されても、なかなかリアクションに困る。

それに洋平にとって気がかりなのはイチャイチャ以外の任務。

イチャイチャはなんとなくやり方はわかるが、問題はそのほかの任務だ。

「それで第一と第二の任務なんだけど……。なにをしたら？」

「さっそく任務に興味を持つとは殊勝だな。それについては管制室で説明しようではないか」

「管制室？」

「そう。その名の通り、こばとの現在の位置、周囲の環境を確認し、こばとの運行、行動に関する指揮を執る部屋である。案内しよう。ついてきたまえ」

夢素香はそう言うとさっそうと踵《きびす》を返し、迎賓の間を出る。

迎賓の間のある四ノ郭《よんのかく》。

そこからエレベーターでさらに上昇。

体感的にはビルの十階分くらいは昇ったろうか……。

二ノ郭《にのかく》と呼ばれる区画へと到達する。

巨大な段々畑のようなこばとの城郭。四ノ郭、三ノ郭《さんのかく》、二ノ郭と徐々に高く狭くなり、二ノ郭からは心宮《こころのみや》と呼ばれる塔がそびえたっている。

すべすべとした壁面と床で構成された無機質な空間。

計器や装置のようなものは少なく。

がらんとした空間の中央に直方体の石柱。

夢素香《むすか》がその石柱の上部に触れると、石柱から四方へ光が走る。

その後、ぼんやりと壁と天井が青白く発光しはじめ、床はゆっくりと透明になり、こばとのはるか下、所沢《ところざわ》の街並みを映し出す。

「うわっ、床が透けてる……」

洋平《ようへい》は思わず驚きの声を上げる。

自然豊かでどこか古びた古城を思わせる空中要塞の外見とは一変、むしろ現代のテクノロジーを超えた未来的な印象。

「透けているのではなく、こばとの底に設置されたカメラの映像を投影しているのです」

あかねがすかさず解説してくれる。

「急にすごいね。なんかホログラムみたいな装置もあるし」

無機質な空間に浮かぶCG風の映像。

「こちらはこばとの現在の飛行状況を表す三次元モニタです。このラインが今後の飛行ルートになります」

「まあ、最初は面白かろう。存分に面白がるがいい」

夢素香は床のモニタをじっと見下ろしながら、ぼそっとつぶやく。

なんだか急に不機嫌に……。

なんとも憎々しげな顔。

モニタを見つめる目からはある種の殺気すら感じる。まるで獲物を狙うヤマネコのようだ。

「どうしたの？　急に。なにかあった？」

洋平は夢素香に話しかけづらく、そっとあかねに耳打ちする。

「決して洋平様に原因があるわけではありません。モニタにあの方々が映っているときはいつでも不機嫌に」

「あれこそが特別補佐官の交渉相手である」

夢素香はさっと手を伸ばし、中央の石柱に触れると、床の映像がゆっくりとズームアップされる。

映し出された数十人の人の集まり……。

それぞれプラカードやパネルを手にしている。

「洋平様もご存知《ぞんじ》かと思いますが、反対派の抗議デモです」

さらに映像は拡大され、人々が持っている手製のパネルが読み取れるようになる。どうやら空中要塞にむかってプラカードやパネルを掲げているらしい。

そこには……。

『空中要塞は街から出て行け！』

『子供たちの未来に空中要塞はいらない』

『若者を戦争に駆り立てる空中要塞を許すな！』

太いゴシック体の文字で空中要塞に関する罵倒が書かれている。

「まったくしつこいゴミどもである」

夢素香《むすか》は目いっぱいの憎悪を込めてモニタを睨《にら》みつける。

洋平《ようへい》もこの街で生まれ育った身として、空中要塞の立《た》ち退《の》きを求めるグループが存在していることは知っている。

とはいえ、詳しい理由までは知らないが……。

「なんであんな座り込みみたいなことしてるの？」

「バカだからに決まっているっ！　絶対にそうだ」

言葉に力を込めて断言する夢素香。

べーっと舌を出しながら、モニターに映った反対派の顔をゲシゲシと踏みつける。

めちゃくちゃ子供っぽい怒りの表現。

小柄で華奢《きやしや》な身体《からだ》もあいまって、もはや完全に子供にしか見えない。

一方、一年お姉さんであり、大人な身体（主に胸）の持主であるあかねはそんな夢素香を暴れるがままで放置して解説を続ける。

「反対派の行動には様々な理由があります。まずは日照権の問題。つまりは空中要塞が日光を遮っているとのクレームです」

ふぅと悩ましげに小さくため息をつくあかね。

「それはしょうがなくない？」

この街に暮らしていれば、空中要塞による日陰は当たり前のもの。

ぼんやりと歩いていて突然電気が消えたかのように巨大な影が広がる。

そんな現象は日常茶飯事だ。しかも影は空中要塞中心部の真下に近づくほど濃くなり、最も暗い場所は夜とまったく変わらない暗さ。街灯が自動的に点灯する。

しかし洋平にとってはこれこそが所沢《ところざわ》の街の日常風景。

「しかし、迷惑だと考えている人は年々増えています。もちろんこばとも環境を考え、市内をゆっくりと巡回し、一か所に日陰を作らないようにしているのですが、それでも庭木が枯れた、急に暗くなったせいで転んで怪我《けが》をした。などの抗議があります」

「大した庭木でもあるまい。お望みとあらば家ごと灰にしてみせるが」

まだ怒り足りないのか、ちょこちょこ物騒な発言を挟む夢素香。

しかし、あかねはそれもスルー。

「日照問題はまだしも、最大の問題は安全性の問題です。やはりこばとは兵器でもありますので、なにか間違いがあって街を砲撃でもされたらとの不安があるようで」

「ちゃんと我慢しているもんっ！」

「我慢しているもんじゃありません！」

ついにあかねが夢素香《むすか》をたしなめた！

「逆にこれ以上、私をいらだたせたら、どうなるかわからんぞ。あやつらをレーダー照準でロックオンまでしたことは何度もあるのだから」

「……割と反対派の懸念が現実になる可能性は高そうだな」

「本当は姫様も地上の民と揉《も》めたくなどないのです。ただ幼いころより、出て行けと言われ続け、しかもグッズの収益は落ち続け、それでもなお空中要塞の民の生活を案じなければならない。その責任感でついあのような癇癪《かんしゃく》を」

あかねに弁護されると、かえって冷静になるようで、夢素香は管制室の石柱を再びタッチ。それに反応してせり上がってきた石の椅子に身体《からだ》を投げ出す。

「今日は少々取り乱したが、私ももう昔のようなたんなる駄々《だだ》っ子《こ》ではない。聞く耳も持っている。ただ反対するだけなら我慢もしてやろう。しかし事態はそれだけでは済まなくなってきておる」

頬杖《ほおづえ》をつき、不機嫌さを隠さない夢素香。

駄々っ子ではないと言いつつ、すっぽり収まった椅子の中で頬杖をつきながら、子供っぽく口を尖《とが》らせている。

「なにかあったの？」

「脱空中要塞都市決議案が提出される可能性があるのです」

あかねが壁に触れ、ピアノを弾くように指で壁をタッチすると、タッチされた場所から光のラインが走り出す。その光のラインが四角形を作り出し、ラインで囲まれた箇所がモニタに変化する。どうやら床だけでなくすべての壁面をモニタにできるらしい。

そしてできたてのモニタに表示される脱空中要塞都市決議の文書。

なにやら堅苦しい文章で市の未来がどうのこうのと書かれている。

「若い世代が、安全に子育てができ、高齢者にも優しい街づくりのために、空中要塞の撤去を求める議案である。馬鹿馬鹿しい！　空中要塞があっても子育てはできる！　高齢者など我々にかかれば即時にゼロにしてくれるわ！」

「おい、高齢者をゼロにするな！」

「とにかく近く市議会で我々に退去を求める議案が提出されそうなのです」

つまりは国家戦略特別区域、空中要塞特別区である所沢《ところざわ》市がその特別区の認定を取り消してもらい、空中要塞の移転を求める決議案らしい。

「恩知らずどもめ。我々がいるからこの街、しいては日本が存在することを忘れているのではないか？　そもそも最初は大歓迎していたくせに……。ゆるキャラのくうちゅう君まで作っていたではないか」

「くうちゅう君はすでに市の公式マスコットから外され、中の人も脱税で去年逮捕されたとのことです」

あかねが壁をタッチすると光のラインが新たなモニタを作る。

そこに表示されたのは倉庫に打ち捨てられたくうちゅう君の着ぐるみ。顔が空中要塞の着ぐるみが棚の一番下に投げ捨てられくたっとしている。

「ゴミのようである」

その姿を見てぼそりと呟《つぶや》く夢素香《むすか》。

「本当にゴミだろうし。わざわざ画像で見せてくれなくても」

そもそもどこで入手した画像なのやら。

「とにかく、もし決議が採択されると、市から我々に退去が勧告される可能性があるのです……」

あかねの口調にも暗さを感じる。

「退去ってどこに？」

「他の市の上でも同様の事態になると予想して、もし退去するとなれば……太平洋上、交渉が上手《うま》くいって久喜《くき》上空かと」

「久喜って！　誰がそんな所で浮かぶか！」

「姫様！　口が過ぎますっ！　そもそも基本は太平洋上が想定されています」

あかねは「太平洋上」と口にしたあとなんとも悲しげな顔をする。

現在のこばとは自給自足を基本としているが、どうしても足りないものはこっそりと地上の店で購入している状態。洋上に移動となればさぞ不便があることだろう。

そもそも洋平《ようへい》にとっても大問題。現在のように放課後に空中要塞に通うことは不可能。おそらく空中要塞に幽閉の展開となるだろう。

「うーん。それは困ったね」

「とにかくこれが第一の課題の現状である。洋平殿は特別補佐官として反対派と交渉し、平和的解決を模索したまえ」

「普通の高校生にできるかな？」

「普通の高校生だからこそできることもある。忌憚《きたん》なく普通のことを言うがよい」

「じゃあ……どうだろう、一日、空中要塞見学会とか？　あえて反対派を招いて」

洋平としては非常に普通かつ適切な提案をしたつもりだったのだが……。

「ならぬ……」

夢素香は短くそう答えると口を真一文字に結ぶ。

「どうして？」

「空中の民はやすやすと地上に降りるべきではないし、また簡単に地上の民をこの地へと上げるべきではない。空中の民の伝統なのです」

なにごとにおいても穏健なあかねですら、洋平《ようへい》の案に否定的な様子。

「地上の民は不浄。みだりに上げると、気流が乱れる。昔からそう言われておる」

「無茶《むちゃ》な迷信だな。でもさ、迷彩の機能が失われて、空中要塞が姿を現してもう長いでしょ。見えてなかったころみたいにはいかないよ」

「わかっておる。しかし伝統は一度変えてしまえば、もう元には戻らん。元々地上の民も着物とちょんまげで暮らしておったのだろう。変化はあっという間であり、不可逆である。慎重に判断せねばならん。それにな」

「なに?」

「私はあの反対派が死ぬほど嫌いである! 絶対に上げてやらぬもん。自分たちだけ正義みたいな態度をしおって! こっちだって、いろいろあるのだからなっ!」

わざわざ立ち上がって、モニタに映っている市民をげしげしと足蹴に。

相変わらず行動が非常に子供っぽい。

それが可愛《かわい》らしさと言えなくもないのだが……。

「伝統を守りたいのはわかるけど、それだけじゃね。お互いに誤解があるんだよ。反対派も、そして夢素香《むすか》も」

「地上育ちの洋平殿にはわからないのだ。文化も風習も地上と空中では異なる。そう簡単に相容《あいい》れん。特にあのような反対派の者を招き入れるなど、なにをされるかわからぬ。もし悪意をもって何かを仕掛けられたら……」

「もっとシンプルに考えられないのかな。普通に親睦を深めて誤解を解けば……」

「もしかしてバーベキューですか？」

あかねが意外な言葉を口にする。

「バーベキュー？」

キラリンと目を輝かせる夢素香。

「地上では人が親睦を深める時にバーベキューなる儀式を行うらしいのです。それは非常に楽しくかつ、万人を仲良くするらしく。洋平様はご存知《ぞんじ》ですよね」

あかねは相変わらずの上目遣いで洋平に尋ねる。

「まあね。地上ではリア充の宴《うたげ》としてもお馴染《なじ》みだね」

「ほほう……。だが、私はあのような者と親睦を深めようとは思ってはおらん」

と言いつつも、好奇心で目を輝かせている夢素香。

反対派と和解するつもりはなくとも、バーベキューには興味津々なのだ。

「外で火を起こして、みんなで持ち寄った肉と野菜を焼いてパーティーをするんだ」

「ふむふむ。楽しそうであるな」

素朴な暮らしを旨とする空中の民にもこの楽しさは伝わっているようだ。

目を閉じ、うんうんと頷《うなず》く夢素香《むすか》。

おそらくバーベキューの様子を想像しているのだろう。

バーベキューはさておき、実際問題、空中要塞のイメージアップは喫緊の課題だ。

仮に議案の流れがなかったとしても、グッズの販売に大きく影響がある。

洋平《ようへい》の王族としての任務が明確になってくる。

夢素香に地上のお菓子を買い与え、イチャイチャする以外にあるとすれば、それは空中要塞のイメージアップに他ならないだろう。

「さらわれてみてわかったんだけど、本当に風景が綺麗《きれい》なんだよね。風が気持ちよくて、緑がまぶしくて、それに見晴らしが最高。反対派を招待してバーベキューでもしてみたら？」

自分は参加したくはないが……。

洋平は心の中でそうつけ加える。

「ううむ。むろん我がこばとの風景は絶景である」

「でしょ、それを見たら、別の場所に退去なんてもったいなくなるかもね。絶対にみんなでワイワイ肉を焼いてるうちに仲良くなれる。時にはバーニャカウダを作ったり、アヒージョを作ったり……」

「バーニャ……？　アヒー……？　さては卑猥《ひわい》な行為であるなっ！　そんなことをして仲

良くなるなど汚らわしいっ！」

「違うよ！　バーニャカウダとアヒージョは全然そんなんじゃない。料理だから」

「ならば、卑猥な料理に違いない。なにせアヒージョであるぞ！　なんと淫靡《いんび》な響き！」

なにを想像したのか、夢素香は顔を真っ赤にしている。

なぜにアヒージョで照れなければならないのか……。

「とにかく、ダメだといったらダメだ。気軽に人を招くことはできぬ」

残念ながらこの日の夢素香は頑固だった。

これ以上しつこいと、本気で機嫌を悪くさせそうなので、洋平もいったん引き下がることにする。

「わかった。わかったよ。とりあえずバーベキューはいずれってことで」

小さくため息をつく洋平。

これでいったん話は終わりかと思われたのだが……。

「なぜバーベキューを諦める？」

「はあ？　あれほど拒否っておいて」

「私が拒否したのは反対派との面会。バーベキューは拒否していない」

「どういうこと？」

「バーベキューはやるっ！　洋平殿とあかねと私で！」

力強く宣言する夢素香《むすか》。

「意味ないだろ！」

「意味とかではない。やりたいのだっ！　私自らアヒージョを洋平《ようへい》殿にふるまってやろう。フーフーあーんであるー！」

「ならばせっかくですからアヒージョと一緒に空中粥《くうちゅうがゆ》も作りましょう！」

——空中粥？

「空中粥は羊の乳で、米と空グルミ、そしてヒバリの肉を煮込んだ空中ならではの郷土料理である。独特の酸味が特徴である」

「ヒバリ食っちゃうのかよ！」

もはや地上では滅多《めった》に見られない鳥をさらっと……。

「なにが嫌なのだ。王族として好き嫌いは許さぬ。フーフーあーんであるっ！」

かえってムキになる夢素香。

反対派との融和策はまったく進まなかったが、とりあえずバーベキューをすることだけ決まったのだった。

◆

「続いて第二の課題を説明しよう」
夢素香に従って再び移動。
管制室を出てまた廊下を歩き、何度か曲がったのち、スロープを下る。
空中要塞初心者の洋平にはもはやどこを歩いているか分からなくなっている。
歩くこと数分。
到着したのは倉庫のような部屋だった。
入口以外の三方を囲む棚。
そして部屋の中央には簡素な折りたたみ式の長机。
まさに倉庫。知らなければ空中要塞の一室とは思えない。
「第二の課題はこれです」
あかねはそう言うと壁面をぐるりと取り囲んだ棚を見上げる。
いずれの棚も梯子《はしご》を使わないと手が届かないほどの高さ。
その棚にはびっしりと段ボール箱が並んでいる。
「失礼します」
あかねは棚の段ボールのうちひとつを抱え、倉庫中央の長机に置く。
段ボールの中に入っていたのは……。
現在発売中の空中要塞こばとグッズの数々だった。

この周辺の道の駅などで販売されている物で洋平《ようへい》も見かけたことがある。

ひとつはキーホルダー。

空中要塞の形状をかたどり、中心に大きく「こばと」と書かれている。

なぜかいかめしい鉄製。控えめにいってもダサい。

もうひとつはミニ提灯《ちょうちん》、赤い手のひらサイズの提灯に寄席文字風のフォントで「空中要塞」と書かれている。文句なしのダサさだ。

三つ目はペナント。空に浮かぶ空中要塞の刺繍《ししゅう》。その上に明朝体《みんちょうたい》で「所沢《ところざわ》　空中要塞こばと」の文字。何気なく添えられた「KUCHU　YOUSAI」の筆記体風のローマ字がさりげなくダサさを演出している。

四つ目はトロフィー。金色のトロフィーの先端にミニチュアの空中要塞。台座には「こばと」と彫られたプレート。なぜ優勝してもないのに自腹でトロフィーを買う人間がいると思ったのか。ここまでくると奇怪でしかない。

「洋平殿、どう思う?」

夢素香《むすか》は真顔で尋ねる。

「うん、もちろん死ぬほどダサいと思うよ」

きっぱりと断言する洋平。

ここまでのレベルに達するとむしろ遠慮すると失礼な気がする。

「随分ときっぱりと言うではないか！　普段であれば激怒しているところだが、ここまで断言されるとむしろキュンとしてしまうな」

「いやいや。これはガンジーでも口汚く罵るレベルのダササだよ」

「ぬぬぅ！　そこまで……。まあ、正直なところ、地上の民の趣味など分からぬし、知る必要もない。そう思っておったから。……つまるところ空中の民は商売が苦手なのである」

夢素香《むすか》はため息を吐《つ》きながら、憎々しげにキーホルダーを可愛《かわい》らしい指で突《つつ》いている。

「苦手とかのレベルを超えてるよね……。どうしてこんな惨状に……？」

「それはわたくしが説明いたします……」

夢素香の従者であり、秘書官であり、専属メイドでもあり、ぷりんぷりんのおっぱいを持つあかねが代わって説明する。

いまから九年前、突如として現れた空中要塞。瞬く間に日本中、世界中の注目を浴び、世の中は空中要塞ブームに。

殺到する観光客。

観光客が集まれば当然ながら商売も生まれる。

ただの住宅街だった街にいくつもの土産物屋と飲食店が生まれる。

そこで販売される空中要塞グッズや空中要塞グルメ。

もちろん突如現れた浮遊物体にライセンスも商標権も存在しない。

それぞれが勝手に作り勝手に販売している状態。それによって空中の民になにかしらのお金が支払われることはなく、誰もがそういうものだと思っていた。

それに異を唱えたのがあかねの父、輝彦《てるひこ》だった。

輝彦はこばとのグッズの収益はこばとに還元されるべき、そのために公式にグッズを販売し、然《しか》るべき利益を得るべきだ。そう主張したのだった。

その主張がなされたのが今から五年前、すでにブームは過ぎており、また輝彦独特の圧倒的センスの無さから、グッズ販売による利益はごくわずかに留《とど》まっている。

「というわけなのです」

「そうか。輝彦、名前からしてダサそうな気がしてたけど、やっぱりセンスが……」

「父だけではなく、空中の民は総じてセンスはありません。空中要塞の民は空で生まれ、風と共に生きる。女子ウケする小物のセンスなど皆無なのです」

あかねはそう言うと少し恥ずかしそうにうつむく。

「そもそもロボットも死ぬほどダサいし……でもしょうがないよな」

実際問題、地上とすべてが断絶された空中要塞で暮らしていれば、ダサくて当然。むしろオシャレなはずがないのである。

「だからこそ特別補佐官の仕事なのである。どうすればいい？　遠慮はいらん。忌憚《きたん》ない意見を言いたまえっ！」

おそらく夢素香《むすか》もいろいろと頭を悩ませてみたものの、解決策は見いだせなかったのだろう……。

強気な言葉と裏腹にすがるような目で洋平《ようへい》を見つめる夢素香。

それに対して洋平が下した結論とは。

「……諦めるってどうだろう？」

こんなもののテコ入れは無理。無理してもテコがへし折れるレベル。

洋平はそう判断したのだが……。

「それはできぬ！」

小さな手でバシンと長机を叩《たた》く夢素香。

頬《ほお》を膨らませながらぶんぶんと大きく首を横に振っている。

「なんで、そんなに思い入れあるの？」

「思い入れではない。このグッズ販売は空中の民にとって貴重な現金収入となっている。やめるわけにはいかぬ。なんとかして立て直したまえ！」

「うーん。無茶《むちゃ》な気がするな」

「無茶だとしても空中要塞を統《す》べる主《あるじ》として諦めるわけにはいかん。子供たちに羊以外のお肉を食べさせてやらねばならんのだ」

夢素香の口調がいつもにもまして強い。

まさに不退転の意志のようなものを感じさせる。

「我々空中の民は基本的に自給自足、しかしやはりそれだけでは厳しいのです」

あかねによると、空中要塞の食料事情は塔内で栽培されている野菜と小麦、また放牧されている羊、および果樹が主な食料となるが、それだけでは完全に賄うことができない。

牛肉、豚肉、鶏肉《とりにく》、そして魚、さらには栽培されていない野菜。

食料以外にも空中要塞では生産不能なプラスチック用品などの生活必需品などを地上との交易で獲得しているらしい。

「実のところスーパーヤオコー東所沢《ひがしところざわ》店、スーパーオザム東狭山ヶ丘《ひがしさやまがおか》店、業務スーパー所沢ファルマン通り店との密貿易をしておるのだが、それがなければ空中要塞の民の暮らしは味気ないものとなってしまうのだ」

少し寂しそうに言う夢素香。

密貿易などと大げさに言っているが、ただたまに空中要塞の民がこっそり降りて買い出ししているだけだろう。

密貿易かどうかはさておき、たしかに肉がマトン一択なのはさすがに寂しい。たまには魚も食べたいだろう。

「とはいえ、このキーホルダーの販売では現金収入は厳しいでしょ！　工夫でどうにかなるレベルのダサさじゃないよ」

「はい。残念ながら年を追うごとに売り上げは下がり……」

がっくりと肩を落とすあかね。

夢素香《むすか》は立場もあるのだろう、強気な態度を崩すことはないが、その表情にかすかに落胆と焦りの色は感じる。

「ふむむ、認めねばなるまい、この右肩下がりの状況を……なんとか映《ば》えたいものよ」

いまいましげに呟《つぶや》く夢素香。

——映えたい!?

夢素香の口から出たとしたら聞き捨てならない言葉だ。

「どういうこと？」

「映えれば流行《はや》るのであろう？　映えたり、バズったりすれば」

「バズるまで！　どうしたその語彙？　逆に大丈夫？」

「我々空中の民も地上についてまったく無知なわけではありません。映えるもバズるも遅れてではありますが、浸透しており……」

あかねの口からも「映える」が。

そもそも空中要塞ではネットが繋《つな》がらず、ひとりもSNSのアカウントを持っていないはず。この状況では映えようがないはずなのだが……。

「最近は子供から老人まで口々に言っています。『この羊、映えるね』とか『朝から草むしりですか、映えますな』、『夜に爪を切ると親がバズらない』などと」

どうやら流行っているものの意味はまったく理解されていない様子！

「完全に間違って伝わってるし！　もはや言ってる本人すら意味わかってないだろ……」

洋平《ようへい》はふたりに『映え』とはなにか、『バズる』とはなにかを説明する。

映えとはインスタグラム映えするとの意味。

つまりはインスタグラムで人気が出そうな画像であるということ。

そしてSNS界隈《かいわい》で話題として爆発的に盛り上がることをバズるということ。

「なんと！　となるとSNSとやらをやっていなければバズらないのか！」

「てっきりネット環境などなくとも心がけ次第で、お年寄りを大切にしていれば、自然とバズると思っていました！」

ネット環境なしでバズろうとしていたとは……。

「ではモズるはどうであろう」

「ネットなしでもモズることならできるのでは……」

「そもそもそんな言葉がない！」

口をぽかんと開けたままお互いの顔を見つめ合うふたり。

心底驚いている様子。

モズり方はさておき、なぜそんな間違った形で言葉が入ってきてしまったのか……。

おそらくスーパーとの密貿易の中で、適当に聞きかじったために、このような現象が起こったのだろう。

「まあ、結論として、バズれば物が売れるっていうのは間違いではないけどね……」

「なんだ。やはりそうなのではないか。では洋平《ようへい》殿、バズらせたまえっ！」

ばっと手を振り上げ号令をかける夢素香《むすか》。

「いやいやいや……」

バズらせろと言われてできるのであれば、そんな楽な話はない。

SNSでバズるにはどうしたらいいか？

様々な企業が少なくない予算をかけ、日々試行錯誤しているのである。

もはや一個人が狙ってどうこうできるレベルの話ではない。

「洋平様、無茶《むちゃ》なお願いなのはわかっています。特別補佐官として地上育ちの知識をお貸しください。子供たちに豊かな食生活を。どうかおバズらせください」

深々と頭を下げるあかね。

「いやいや、ちょっと頭を上げてよ。なにその変なお願いは！」

「いえ、引き受けてくれるまで上げません。どうかっ！」

あかねはさらに深く頭を下げる。

洋平の視線はその下げられた頭のさらに下の部分に釘付《くぎづ》けになっていた。

――谷間が。

巨乳ゆえに、目の前で頭を下げられると、ぐっと谷間が強調される。

「うーん。こうなると断りづらいな」

断りづらいのは目の前でぎゅっとなった胸の谷間を見せつけられているからではない。子供たちのためにと言われると、断りづらいということだ。断固としてこっちが理由なのだ！

「では引き受けてくれるのですね」

谷間を見せつけつつ上目遣いで洋平を見つめるあかね。

「結果は保証できないけど、やるだけはね」

「ありがとうございます！」

よほど嬉《うれ》しかったのか、あかねが洋平の腕に抱きついてくる。

当然ながら先ほど強調されまくっていた胸が直撃。

「なにをしている、私の婚約者に乳を押しつけるとは！」

それを夢素香が見逃すはずもなく、厳しく叱責。

「すみません、姫さま！　反射的についっ！　洋平様も失礼いたしました」

「いや。全然、死ぬほど大丈夫だけど。とりあえず頑張るしかなくなったな……」

ただでも貰《もら》ってくれなそうなグッズを映《ば》えさせ、そしてバズらせる。

まさに無理難題。

しかし胸を押し付けられて喜ばれてしまっては……もとい、子供たちの食生活のためと言われてしまっては断るわけにはいかない。

こうして洋平《ようへい》は空中要塞こばと王室付き特別補佐官としての任務につくことに。

まずは空中要塞公式ツイッターアカウント及びインスタグラムのアカウントを開設することになったのだった……。

◆

空中要塞こばと王室付き特別補佐官に任命された洋平。

洋平は自らに課せられた任務のとっかかりとして、空中要塞こばとのアカウントをツイッターとインスタグラムで開設していた。

もちろん目的は空中要塞グッズの販売だ。

現在は主に県内の道の駅で販売されているこのグッズ。これをインスタ、ツイッターで紹介して、BASEで作ったネットショップで販売する形に移行する。

いずれもアカウントを作成することは簡単。地上の民であればだいたい誰でもできる。

ここまでは……。

問題はどうやってＳＮＳで注目を集める、つまりはバズらせるか……。

『ツイッターはじめました！　今日も今日とて浮かんでます！　＃空中　＃要塞　＃LOVE　＃飯テロ　＃スマブラ』

もはや関係のないハッシュタグまで入れて、なんとか注目を集めようとするが……。

世の中それほど甘くない。

〝いいね〟されるどころか、『浮かんでんじゃねーよ！』とのアンチコメントがついてしまった。

──なにはともあれ、画像がいるな。

インスタならば当然、ツイッターでも文字だけと画像付きではインプレッションの数が違う。まずは映《ば》える画像の撮影からだ。

洋平はさっそく夢素香《むすか》に案内を頼む。

「ふむ？　空中要塞の中を案内せよと？　王族として国民の暮らしを視察しようという気持ちが芽生えたのだな。素晴らしい。さすが未来の我が夫である。どこでも案内しようではないか。ついでに民草たちに我々のイチャラブっぷりを見せびらかそう」

夢素香はそう言うと歩きながら洋平の腕にしがみつく。

腕を組んでいるというより、ぶら下がるように抱きつかれている状態。

「ちょっと……そんな視察とか上から目線の話じゃなくてこれだよ」

洋平《ようへい》は夢素香《むすか》がしがみつく右腕と反対の左手でポケットをまさぐると、地上の民の必需品、スマートフォンを夢素香に見せる。

「おお、これはスマホであるな。電話をかけるのか？」

「違うよ。どうせ圏外だし。これで写真と動画も撮れるの。インスタとツイッター用に」

ネットショップを作って、ＳＮＳを開設したものの、まだ反応はゼロのレベル。

まずは興味を惹《ひ》く画像を投稿してアクセスアップだ。

「なるほどのう。それひとつでいろいろできるのだな。実に便利である。で、なにが撮りたいのだ？」

「なんでもいいんだよ。空中要塞はリアルではこんな感じですよってわかれば」

グッズのクオリティの酷《ひど》さはもちろんのこと、そもそも空中要塞の印象の悪さも大きな問題だ。

一般市民にとっては空中要塞は巨大な兵器。しかも不気味で情報公開されておらず、そのために様々なネガティブな噂《うわさ》が飛び交っており、それに対しての見解も表明しない。

それでいてペナントは販売してくる……。

これでグッズを買えというのは無茶《むちゃ》である。

「ありのままの空中要塞……ふむ、では上《かみ》スラスタ町にでも行ってみるか」

洋平の腕に抱きついたまま、急に前進を始める夢素香。

さすがにちょっと歩きづらさを感じつつ、洋平は歩幅を夢素香に合わせる。

「普通の暮らしなど撮影してなにが面白いか理解できんが、洋平殿頼みとあってはな」

「そんなものか」

「普通なのがいいんだよ」

突如として右折する夢素香。

慌ててそれに従う洋平。

洋平にとっては迷路のような空中要塞の通路。

おそらくここは要塞の中心部、心宮《こころのみや》付近の地下二階。要塞の進行方向、先端部分に向かって数分間歩いたあたり。洋平にとってはそんな認識だ。

「俺もいろいろ調べてみたんだけど、反対派の人じゃなくてもさ、空中要塞ってさ、悪い噂が多いんだよ。空中要塞はずっと地上を見張ってて個人情報を売っているとか、ロボットがたまに女の子をさらうとか。一番怖いのは近い将来落ちるって……」

夢素香は洋平の話を聞いて、ぴくりと眉を上げると、いったん歩みを止める。

「荒唐無稽とはこのことである！」

穢《けが》れのない目でまっすぐに洋平を見つめながら言葉を続ける。

「逆に聞きたい。確かに我がこばとのカメラは地上の様子をかなりの高精度で観察することができるが、それをどうして売ることができるのかと？　売るとしてどこに売ればいいのか？　そして大体いくらくらいになるのかと！」

「売ろうとしてるじゃねーか！」

完全に販売先を探している人間の口ぶりだ。

そんな冗談とも真剣ともつかない話をしながら再び歩を進める。

「ということは、まだ売っていないということだ。どこだ？　どこに売れる？」

「知らないけど個人情報を扱う業者じゃないかな？　そもそもダメだよ、コンプライアンス的に」

「ない！　空中要塞にコンプライアンスなどない！」

「とにかくダメだって。そうじゃなくて、まずはグッズを売るためにイメージアップ。空中要塞はそんな悪い要塞じゃありませんよ。人はさらいませんよって」

「自分がさらわれておきながらよく言えるな」

しれっと言い放つ夢素香《むすか》。

「そういえばそうか！　俺がさらわれてた。でも他はさらってないでしょ？」

「当たり前である。洋平《ようへい》殿は王族。そもそも地上の民などいらぬ！　そんなもの、さらってどうするというのだ？」

憤懣《ふんまん》やる方ないといった様子の夢素香。

エレベーターホールの前で歩みを止める。

どうやらここからはエレベーターで移動するらしい。

「わかんないけど……、可愛《かわい》い女の子だったら風俗に売るとか？」

夢素香のエレベーターのスイッチを押す手がぴたりと止まる。

「それはどこに連絡すれば、いくらくらいで売れるのだ？」

穢《けが》れのないまっすぐな目で洋平を見つめる夢素香。

「だからダメなの！　噂《うわさ》を本当にするんじゃないよ！」

「いずれにせよ、洋平殿は次々と理財の案を出すのう。やはり洋平殿に相談して正解であった」

「こんなのビジネスでもなんでもないけどね。とにかく本当にグッズを売るにしても反対派と対話するにしても、まずはイメージアップだよ」

ギシギシとどこかが軋《きし》む音を立てながら到着するエレベーター。

以前乗った心宮《こころのみや》へのエレベーターと違い、鉄製のカゴがケーブルで上下するようなスタイル。あくまでイメージだが炭鉱のエレベーターといった印象だ。

洋平は少々恐怖を感じながら、揺れるカゴに身を任せる。

数十秒後、ガリガリと嫌な音を立て停止するエレベーター。

「ここが空中の民の生活スペースのひとつ、上《かみ》スラスタ町である」

エレベーターから一歩出ると、そこには町が広がっていた。

「なんか変な名前だね」

「所沢《ところざわ》のプロペ商店街も大して変わらんと思うぞ」

夢素香《むすか》によると、その名の通り元々は姿勢制御スラスタ関連の技術者の住居が多かった地域らしい。

まっすぐに延びる広い道路。見慣れた地上の道路と違い、車道、歩道の別はない。

その両脇に立ち並ぶ住居。

屋根は三角ではなく平たいため全体としては箱型の形状。壁は空中要塞特有の陶器と金属の中間風の物質。そのため洋風とも和風ともつかぬ不思議な印象だ。

地下というか空中要塞の内部であるにもかかわらず町は明るい。

高い天井から太陽光に似た光が注いでいるのだ。

まるでテーマパークの一部か博物館か、もしくは映画のセットかと思わせるが、ときおり聞こえる子供の歓声が本物の住居であることを伝えている。

「要塞内部であるため、雨も風もない。そう考えると屋根はいらぬように思えるが、人間は屋根のない家では心が落ち着かぬのだ」

夢素香は洋平《ようへい》の疑問を先回りして答える。

「まあそうだろうね」

たしかに絶対に雨が降らないとしても屋根は欲しい。はるか昔に地上を捨てた民も屋根を捨てることはできないのだ。

「あーっ、姫様だっ！　姫様こんにちは」

ゆっくりと大通りを進むと、夢素香を呼ぶ子供の大声。先ほどの歓声の主。

小さな兄妹《きょうだい》の姿。

兄が六、七歳、妹が四、五歳くらいだろうか。

ふたりとも不思議な格好をしている。

前で閉じ、帯のある衣装。浴衣のようにも見えるが、その下にズボンを穿《は》いている。なんとなくネパールなどの山岳民族の衣装のようなイメージだ。

「姫様、こんにちわぁー」

兄に倣って、元気よく挨拶したのが妹、お兄さんは小脇にボールを抱えている。

兄妹ふたりとも息を弾ませている。どうやら兄妹でボール遊びをしていたらしい。

「おお、柚子《ゆず》ではないか。相変わらず元気じゃのう。康太《こうた》も元気か？」

「うん、姫さまー」

夢素香の腰に飛びつく女の子。

そんな女の子の頭を優しく撫《な》でる夢素香。

「名前を覚えてるんだね」

「当たり前である。空中の民、全二百九十二名、すべて覚えておる。こやつらは三人兄《きょう》妹《だい》、沖本康太《おきもとこうた》、柚子《ゆず》、そして翔夜《しょうや》だ」

「三人目がホストっぽいな！　急に趣味が！　なにがあった……」

ほどなくして、夢素香《むすか》にじゃれついていた女の子が洋平《ようへい》を発見。

「えーと、お兄ちゃんは誰？」

まっすぐな目で洋平を見つめる幼女。

その問いに夢素香が代わって答える。

「彼は黒田《くろだ》洋平、空中要塞の王の血を引く者、そして私の婚約者である。どうだ、お似合いのカップルであろう？」

夢素香は身体《からだ》をぎゅっと寄せ、改めて腕を組んでみせる。

「うん、おにあいだねえー」

「であろう。であろう」

夢素香は洋平の肩に自分の頭を預けながら、満足げな様子。

「えーと、えーと、おにあいの人はえらいの？」

「偉い！　私とこの男が空中要塞の危機を救うのだ」

「わー、すごーい」

ぴょんぴょん飛び跳ねながら何度も万歳する柚子。

夢素香の話を素直に信じているようで……。

洋平に注がれる憧れの視線。

こんな目で見られては、なにかしてあげたくなってしまう。

「ほら、これあげるよ」

洋平はしゃがんで女の子に目線を合わせると、ブレザーのポケットに入っていた、ガルボを女の子に手渡す。

「なあに？」

「ＯＬのオヤツだよ」

「おおえるのオヤツ？　はぇ？　うおおおお、うめえええええ！　おにいちゃん、おおえるのおやつうめえええ」

「どうした……柚子？」

「おにいちゃあん、これおいしいよぉ」

幼女は目をトロンとさせながら、お兄ちゃんにガルボを差し出す。

「どれ？　ぐおおお、やばいいいいい！　うめえええ！　ＯＬのオヤツすげえええ、ＯＬになりてえええ！」

ガルボを分け合い悶絶《もんぜつ》する兄妹。

「えらい喜びようだな……」

「さっそく民の心を掴《つか》んだか洋平《ようへい》殿。さすがであるな。まずは子供の心を掴めば、その親を射止めるのは容易、そのような考えであるな」

「そんなつもりじゃ。ただお菓子をあげただけで……」

「まあ民に親愛の情を持たれるのも大事であるが、そのお菓子の使用は極力控えてもらいたい」

やや声のトーンを落とし耳打ちするように夢素香《むすか》が言う。

「なに？　虫歯？　歯医者がないとか？」

「そうではない。それは空中の民には甘みが強すぎる。我々、空中の民は自給自足、そのような甘い物を常時供給することはできぬ」

「そうか……。砂糖もカカオも採れないもんね」

「現在は現金収入も限られておる。あの子らにも毎日腹いっぱいガルボを食べさせてやりたいが、そうはいかぬ……」

「腹いっぱいは糖尿になるけどね」

健康のためには制限された空中要塞の食事の方がいい気すらする。

ガルボに舌鼓を打った兄妹《きょうだい》は再びボール遊びに興じている。

洋平には遊びのルールはわからないが、どうやらボールで当てっこしているようだ。

お菓子もそうだが、娯楽もまた限られているのだ。

――もしスマホに入っているツムツムでもやらせてみようものならば……。

洋平の頭の中をよぎる恐ろしい空想。

おそらく楽しすぎて、スマホの奪い合いになるだろう。

下手したらあの仲睦《なかむつ》まじい兄妹がツムツムやりたさに大げんかをはじめて……。

それを止めようとした大人がスマホを取り上げるも自分がツムツムの魅力にハマり……。

ツムツムのあまりの面白さに働くことをやめる大人たち。

「空中要塞の秩序が崩壊してしまうな」

ぼそりとひとり呟《つぶや》く洋平。

「物騒な発言であるな。いったいなにごとであるか？」

「いや、なんでもない。そうじゃなくて、写真を撮らせてほしかったんだよね」

洋平はスマホをツムツムのためではなく、写真撮影のために手に取る。

仲睦まじい兄妹。

空中要塞のイメージアップには最適の被写体だろう。

夢素香にふたりを呼び戻してもらい、何枚か写真を撮る。

自分たちに向かって構えられるスマホ、「カシャ、カシャ」となるシャッター音。

不思議そうな顔をした兄妹の写真が撮れる。

「ありがとうね。いい写真が撮れたよ」

「洋平《ようへい》殿曰《いわ》くこの写真が我々のイメージアップになるらしい。見事な働きであった。ご苦労である」

夢素香《むすか》に褒められて、なんとも誇らしげな表情の兄妹《きょうだい》。

ふたりの純朴でピュアな姿は間違いなく空中要塞のイメージを変えるだろう。

「えへへへ」

「やったー！」

実に可愛《かわい》らしい笑顔。

思わずつられて洋平の顔もほころぶ。

完全に成り行きで任命された特別補佐官。

それほどやる気があったわけでもなかったのだが……。

しかし、この子たちの暮らしがかかっていると思うと、俄然《がぜん》使命感のようなものが芽生えてきた。

この子たちに豊かな暮らしをさせてあげたい。

たしかに巻き込まれて、夢素香の可愛さに釣られて、ついでに言えばあかねの巨乳にも釣られての現状。

だが子供たちにこの笑顔を見せられてしまっては……。

「これから積乱雲に入り、雨とする。外での遊びは控えるのだぞ」

「うん、わかった」

「ボールを空弁坑に落とすのではないぞ。もし落ちてもボールを取ろうとしてはならん。お前たちが落ちたら大変だ」

「はーい、わかってるよ。ばいばーい」

洋平と夢素香に何度も手を振り去っていく兄妹。

——守ってやらなければ……。

洋平はふたりに手を振り返しながら胸に湧き上がる熱い気持ちを感じていた。

陰キャのインドア派の洋平ではあるが、冷血漢ではないのだ。

この気持ちはおそらく王族としての責任感——のようなものだった。

洋平はそれを胸に感じつつ、子供たちと別れたのだった。

[NAME]

空中要塞『こばと』

[所属] 埼玉県

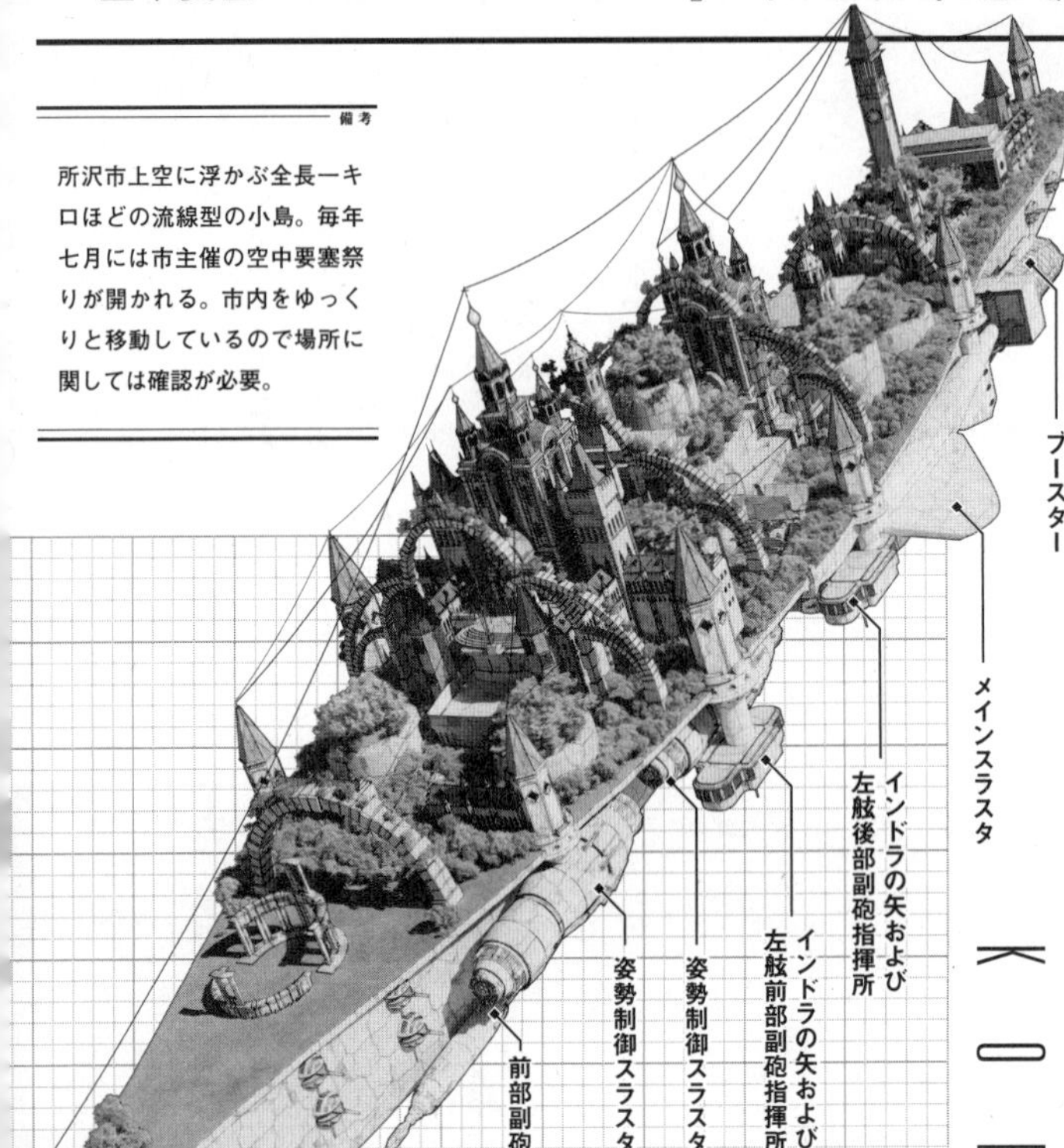

備考

所沢市上空に浮かぶ全長一キロほどの流線型の小島。毎年七月には市主催の空中要塞祭りが開かれる。市内をゆっくりと移動しているので場所に関しては確認が必要。

KOBATO

DETA

諸元	[全長]	900m超
	[全幅]	300m超
	[全高]	200m超
兵装	インドラの矢	1門
	副砲	単装 4門
	対空高角砲	単装 16門

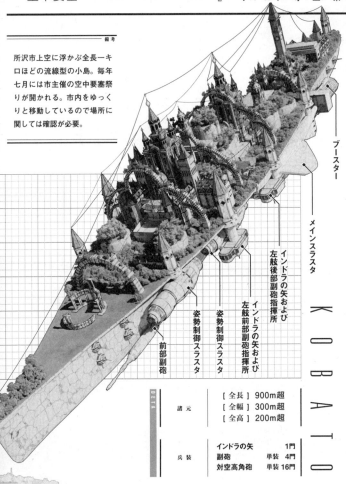

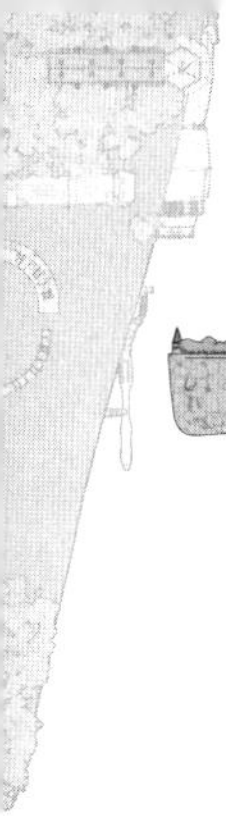

[側面図]

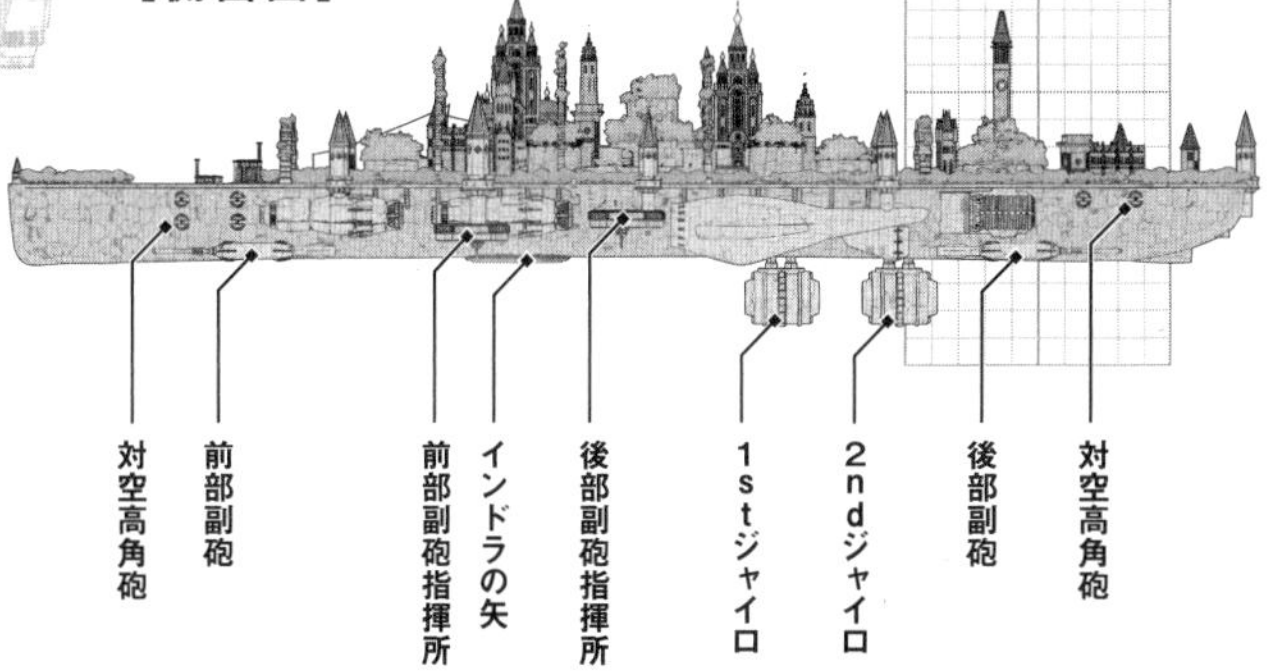

[正面図]

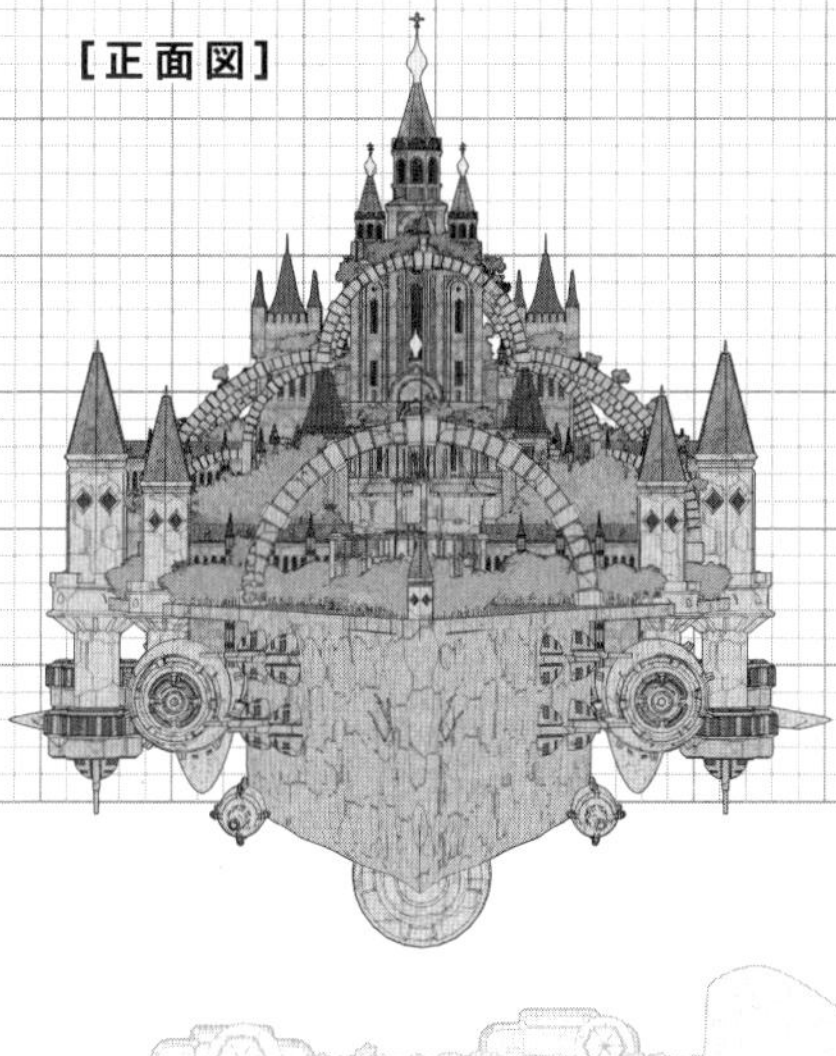

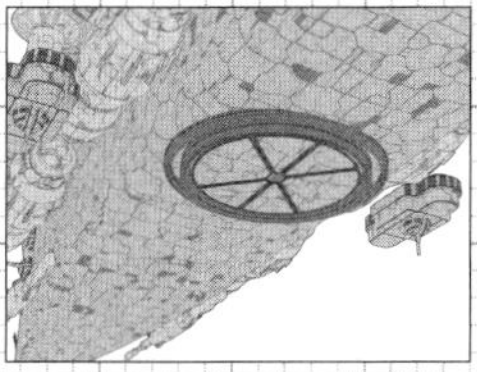

インドラの矢／平時

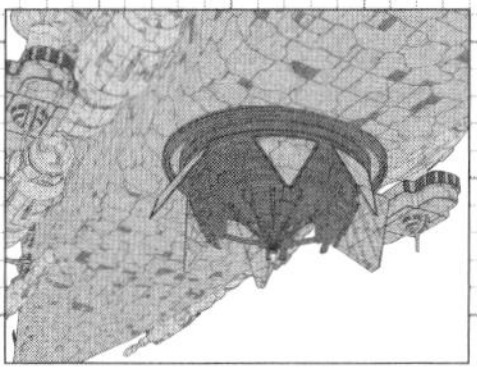

インドラの矢／展開時

4

KOBATO

「むき出しの母性！　ギャル」

「へえ、これが空中要塞の写真。へええ、これがね」

翌日の学校の昼休み。

達真《たつま》は焼きそばパンを頬張《ほおば》りながら、洋平《ようへい》がSNSにアップした画像を自分のスマホでじっくりと観察していた。

「普段は底を下から見上げるだけだからな。内部の写真はめったにない」

達真が知ってるのは何年か前に夢素香《むすか》と前の県知事が会談した折、空中要塞内の迎賓の間の写真があったくらい。あとは県のHPに何枚か映りの悪い写真があるくらいのはず。

洋平が撮影したこの兄妹《きょうだい》のような空中の民の自然な姿は初公開のはずだ。

屈託のないピュアな笑顔を見せる兄妹。

その笑顔には空中の子供たちと、地上の子供たちは同じなんだと思わせる力がある。

「そう思わないか？」

洋平はちょっと熱っぽく達真に語り掛ける。

「たしかに初公開だろうし、君が言うように子供の笑顔に空中も地上もないなって思うんだけどさ……」

　達真はそこまで言って言葉を濁す。

「なにが言いたい？」

　達真の口ぶりに少しイラっとしてしまう洋平。

「正直、めちゃ普通なんだよね」

　達真は眼鏡をどんよりと曇らせながら言う。

「えっ！　ど、どこが？」

「この子たちは本当に空中要塞の子なのか？　地上と空中の違いがあまりになさ過ぎてね」

「そうに決まってるだろ」

「別に疑ってるわけじゃないが……。なんだろう。なぜか珍しくなく感じるんだよな。なんでなんだろう……」

　首をひねる達真。

　問題はこの感覚は達真だけが抱いているわけではなさそうなこと。

　実際にSNSでの反応も乏しく、洋平の想定よりもはるかに〝いいね〟が少ない。

「衣装はなんとなく珍しくはあるのだけど、言われてみれば、くらいだし。なんというか、普通の子っぽいっていうか……。なんだろうな、これはどこかが……ああ、わかった」

　達真の眼鏡がキラリと輝く。

「なんだ？」

「この子、ガルボ持ってるじゃないか」

達真《たつま》が言うように、女の子の手にはしっかりとガルボが握られている。

どうにも漂う地上感！

そして圧倒的ＯＬ感！

「別にこれはたまたま俺があげただけで、普段からガルボ持ってるんじゃないし」

と言いつつも、内心「しまった！」と叫びたい気持ちでいっぱいの洋平《ようへい》。

「だとしてもだよ。ガルボを持っていたら空中要塞の子っぽくないと思わないかい？　画《が》竜点睛《りようてんせい》を欠くの逆っぽいやつ。素朴な子供に余計なガルボ」

「そんなことわざは知らん……本当に正真正銘空中要塞の子だったし」

「口でそう言われてもね」

「珍しいんだって！　よくみろ、ほらこの服。コットン素材でおそらく手織りだぞ」

「多分そうなんだろうけど……これよりは君の護衛の方がよっぽど珍しいし」

達真はそう言うと、達真と洋平の間に普通に混ざって座っているロボットに視線を移す。

洋平の机の脇に勝手に椅子を寄せ、背もたれを前にして肘をついている。

完全に友達のスタイル……。

夢素香《むすか》に言わせるとボディーガードらしいのだが、おそらくは見張りでもある。

通学路でも教室内でも常に数メートルの距離にロボットがいる。

当然ながら生徒たちは怖がる。

廊下を歩けばロボを恐れて、ささっと逃げる女子生徒たち。

これではまともな学校生活など送れるはずもない。

そう思っていたのだが……。

数日で慣れられた。

あっという間。

「なんでお前まで友達感覚で座ってるんだよ。そもそもロボは座る必要ないだろ」

「人間ハ、ロボットト異ナリ、疲労スル、肉体ノ疲労、思考ノシステムヲ変化サセマス。人間、不思議、ジツニ興味深イ」

「今日は3号か……。ウザいな」

一週間、毎日過ごすことにより、同じロボットのようでいて、あいつらにも個体差があることが分かってきた。形状はほぼ一緒だが、性格に違いがある。

洋平の独自のナンバリングによると。

1号　典型的。一番ベタなロボット。最初に洋平をさらった個体。

2号　女好き。女子生徒に積極的に声をかける。

3号　いいこと言いたがり。「人間は非効率的。だが、それが人間の強さ」的なことを言いたがる。

4号　言葉はほぼ発しない。人間を自然の破壊者として憎んでいる。草花と鳥好き。肩に小鳥が乗っているので見分けやすい。

5号　大の鳥嫌い。肩に鳥が乗ると叩《たた》き潰《つぶ》そうとする。かといって人間が好きなわけでもない。殺戮《さつりく》マシーン。

洋平《ようへい》のボディーガードのロボットはこの五体が行っているらしい。

「へー、今日は3号君か。この前の2号君はおもしろかったんだけどね、人間に興味ある系ロボか」

達真《たつま》もすっかりロボットのいる生活に慣れている。

もはや達真と洋平、ロボット含め三人でいつものメンバー感すらある。

「あいつはダメだ。スカートをめくろうとしてたぞ。ボディーガードとして最悪だ。マジでいずれ俺が責任取らされかねん」

「大丈夫、ゴ迷惑ハ、オカケシマセン。我々、ロボットモ、自分デ、責任取レマス。イザトナレバ……」

3号はそこまで話すとガラス玉のような目を左右交互に赤く点滅させる。

その点滅は徐々にペースが早く、光が強くなり……。

「自爆しようとするんじゃねーよ！」

洋平はロボットの後頭部を全力で張り倒す。

ロボットなのでツッコミに手加減は無用だ。

「ロボット、責任ノ取リ方トイエバ自爆、我々、洋平様ニ、迷惑カケタトナッタラ、自爆シマス」

「やめろよ。そっちの方が迷惑だよ。普通に過ごさせてくれないかな？　空中要塞の王族の仕事もやるからさ。学生は学生で普通にさ」

「なあ、どうも空中要塞業に積極的に見えるのだが。最初は嫌がっていたのに」

達真はきらりと眼鏡を輝かせながら言う。

「別にそんなつもりは……。いや、そうなのかもしれん。結局な、なんだかんだで空中要塞の姫が可愛《かわい》くてな……。やはり可愛めの女子に積極的にイチャイチャされるとあっては、多少前向きにならざるを得ん」

「くそっ、やはり可愛いのか……これだろう？」

達真は自分のスマホを取り出し、所沢《ところざわ》市のページ内にあるニュース記事を表示する。

「トップページ」＞「くらし」＞「悩みごと相談」＞「空中要塞」とカテゴリ分けされたページ。見出しには「市長と空中要塞の当主夢素香《むすか》さんが会談しました」とある。

三年ほど前の記事。いまより少し若い夢素香《むすか》が前の市長と握手をしている写真が掲載されている。いまと変わらぬ整った顔立ち。とくに目がクリクリしているのが印象的だ。

「やはりな。ググってこの画像出てきたときに、なんとなく悪い予感はしたんだ」

「なぜ悪い予感。可愛《かわい》くてもいいじゃねえか。祝福しろ祝福を」

「ぐぐっ、友人が王族になって婚約者を見つけるとは……。いかん。嫉妬が抑えきれん。学校でも最近、目立ってるしね。この僕に嫉妬させるとはたいしたものだよ。認めようじゃないか、貴様がモテ期に入りつつあると」

「モテ期というにはあまりにもトリッキーな状況だが。これがモテ期か？」

「女子と会話した時点でモテ期。それが我々の世界の常識だ。貴様、平和ボケして忘れたか？」

「初めて聞いた常識だが……」

「少なくとも地上ではあんまりモテてる感じを出さないでくれ。殺意が湧く」

「だから出してないし」

「出してるだろ、なんだあれは？」

達真《たつま》はそう言うと、机に肘をついたまま、不機嫌そうに顎をしゃくり、廊下の方向を指し示す。

その先には……。

――女の子がいた。

しかも可愛いタイプのやつである。

その可愛いタイプの女の子がじっと洋平《ようへい》を見つめている。

その女の子は洋平の視線に気づくと……。

さっと身を伏せ廊下の窓から姿を消してしまった。

「なんだあの子？」

「知らないよ。ずっとあそこから君を見てたぞ。本当に憎たらしい」

「いや、気のせいかもよ。いなくなっちゃったし」

「いなくなってなどない。目が合うと伏せるだけだ。チラ見してみろ」

達真が言うように、視線を合わさずにチラ見で観察すると。

窓の下に消えていた女の子が徐々に浮上してきている。

顔だけが窓からぴょこんと出ている状態。

やはりこちらを見ている。ここは話しかけてみるべきか。

「あの……あっ消えた」

話しかけるどころか目が合ったらまた窓から消えた。

――なんなんだ？　逃げられてしまったのか？

しかし、しばらくするとまた顔がひょっこりと……。

無造作風のボブヘア。どこかぽわんとした雰囲気。先ほどからの隠れてこちらをうかがう動きも絶妙にぎこちない。全体的に独特の隙を感じるタイプ。

可愛《かわい》い子ではあるのだが……。

「どういうつもりだ？」

「知らん。直接本人に聞いたらどうだ？」

「聞いてきてくれよ」

「なぜこの僕が？　殺意が湧いてると言ったことをもう忘れたか？」

「もしかして、達真《たつま》が気になってるのかもしれないだろう？」

達真の眼鏡がきらりと輝く。

つき合いが長い洋平《ようへい》にはわかる。この輝きは「それも一理あるか」と考えている時の輝きだ。

「……よし、挟み撃ちだ。僕は後ろから、君は前の扉から。いくぞ、3、2、1、GO！」

さっそうと立ち上がる達真。

眼鏡とは思えない華麗な身のこなしで教室の後ろの扉へとダッシュ。

洋平もそれに合わせて前の扉から廊下へ。

◆

「あの……あたしは……あの……べ、べ、別に怪しいものでは」

その怪しい女子に洋平はやはり見覚えがなかった。

良くも悪くもこれだけ個性的な女子であれば、軽く挨拶を交わしたレベルでも覚えている自信が洋平にはある。

にもかかわらず覚えていないということは、初対面としか思えない。

「あの、なにか用事でも？　なんだかずっとこっち見てたけど」

「いえ、いえ、そんなそんな、あのあの、用事なんてめ、めっそうもないですぅ！　ただただ見てるだけで……もうそれで十分なんでっ！」

その女の子は微妙に目を伏せ、目が合わない状態で弁明している。

独特の舌足らずかつ早口な話し方。

「ただ見ているだけって言われても、なぜ我々を見張る……」

「見張りじゃないですぅ！　観察です！　見てるだけっ！」

達真の問いに顔を真っ赤にしながら顔の前で猛烈な勢いで手を振り否定する。

「ならばなぜ観察する？」

「あの……あたし……ファンなんですっ！」

「まさかこの僕の？」

黒髪をかき上げ眼鏡を煌《きら》めかせる達真《たつま》。

「いえ、違います」

「くそっ！　やはり洋平《ようへい》だったか！」

「いえ、そうじゃないです！」

——違うのか！

洋平は内心勝ったと思っていた自分を恥じる。

「あの、申し遅れました、あたし一年二組の三浦《みうら》ひなたっていいます。私、あの……空中要塞の大ファンなんです」

女の子はそう言うとぺこりと一礼した。

「ずっと、ずっと空中要塞の大ファンで、あの洋平さんが王族だって聞いて……」

「は、はぁ？」

「でも、なにかしてほしいってことじゃなくてぇ、もう遠くから見てるだけなんでぇ、本当に気にせずに、どうぞ、どうぞ」

ひなたはそう言うと、背中を丸めてすすすすとエビのように後退する。

「いやいや、見てるだけの方が怖いって！」

「そ、そうですかぁ……でも……邪魔したら悪いですし」

「見てるだけの方がむしろ邪魔だし。それで、空中要塞のファン？」

洋平《ようへい》はなかば強引にひなたを話に加える。

「はい、あの、えっと、小さいころから大好きで。いっつも見てました。裏面ばっかりですけど。最近は特に雨の日の空中要塞が好きで。外は雨なのに空中要塞の下は雨が降ってなくて、それで境目が雨水で滝のようになってるところの写真をですね、あ、いきなり関係ないか……。洋平さん、空中の民になったんですよね」

話をふったとたんに結構な早口でまくし立てるひなた。

――こいつは……、見た目に反してちょっとヤバいタイプの人かもしれん。

「あ、ああ、そうなんだ」

「そ、それで、本当はこんな出過ぎた真似《まね》して申し訳ないですけどぉ、あの、あの、あの握手いいですかぁ？　せっかくなんで……」

「うん、いいけど」

洋平が手を差し出すと、すかさず飛びつくように両手でその手を握り返すひなた。

「うわっ、ありがとうございますぅ、うぉ、あたたけぇ！　ありがとうございます、ありがとうございます」

洋平の手を神社の鈴緒《すずのお》ばりに両手で振るひなた。

「ど、どうも……」

「それで、噂《うわさ》でこの学校に空中の民になった人がいるって聞いてぇ。しかも王の血を引いていてゆくゆくは空中要塞を継ぐって聞いて、どんな人かなって思いましてぇ。それであたしははじめて空中要塞を好きになったのは七歳のころで……、ほぼ出現した直後から大好きでいつもお母さんに……、それはさておき、あのぉ、その、写真撮ってもらっていいですかぁ」

「あ、うん……」

「ありがとうございます。せっかくなんで！」

洋平が返事をした瞬間、すぐに脇に回り込み腕を組むひなた。

あっという間にツーショットでの自撮りの体勢に。

「じゃあ、ハイ、チーズ。ピースしてもらっていいですかぁ？　あとロボットさんも一緒に……」

細かくアングルを変更しながら、何度もシャッターを切る。

洋平とひなた、そのバックにロボット。

洋平の写真映りというより、自分が可愛《かわい》く写っているか、しっかり確認して、なにやら満足げな笑みを浮かべている。

「ありがとうございましたっ！　ツーショット、一生大事にさせてもらいます」

「ああ、そう……」

「それで、あとついでにお願いなんですけど、もしよかったら抱いてもらえませんか！」

「は、はぁ⁉」

一気にエスカレートする要求！

この飛躍具合は八段くらい飛ばしている。

「せっかくなんで！」

「なんのせっかくだよ！」

「空中の民の方ってほとんど地上と交流ないしぃ、しかも王族となると滅多《めった》に会えないし、そんな人が学校にいて、握手とかしてくれてぇ……、もう、そうなってくるとぉ、せっかくだから抱いてもらうしかないじゃないですかぁ！」

ひなたはトロンとした目で洋平《ようへい》を見つめている。

呼吸もなんだか荒い。

――ちょっとじゃねえ！　バリバリにヤバい人だ！

「いやいやいや……」

あまりに唐突な申し出に洋平はそうとしか言えない。

「せっかくなんで、抱いていただいて、せっかくなんで籍を入れてもらえると。あの全然、重婚でいいんで！」

「それはさすがにせっかくじゃない！」

「でも、あたし、すごいファンで。空中要塞が好きすぎて、もう、それで同じ学校に王家の洋平さんがいるって聞いて、もうすごいファンなんで、抱いてもらうべきなのかなって」

「ありがとうね。じゃあ、そろそろ」

洋平も少々本気で怖さを感じつつある。

「あっ、でも、本当にぃ」

「うん、ありがとう、ありがとうね」

洋平はひなたの肩を掴《つか》み、強引に回れ右をさせると背中を押す。

「会ってみたら、洋平さんって、すごい素敵な……」

「はい。どうも」

ひなたはまだ何事か言っているが、そのまま教室から出て行ってもらうこととする。

どうにか廊下まで見送って……。

完全に立ち去ったことを確認し……。

洋平はほっとため息を吐《つ》く。

「いいなあ、洋平、やはり完全にモテ期だな」

その様子をじっと見守っていた達真《たつま》は苦しげに髪を掻《か》きむしっている。

「いまのモテたのか!?」

「だって、あんな可愛《かわい》い天然っぽい子に迫られてたろ！　あれはモテだ！　俺の定義だと余裕でモテだ！」

「余裕かな？　そもそも俺じゃなくて空中要塞のファンだし、天然っぽいっていうか、もっとダメなラインスレスレだった気が……」

洋平《ようへい》はまだ自分の身に起こったことを処理しきれない。

さらわれるわ、婚約させられるわ、抱いてくれと迫られるわ……。

とにかく、ドタバタが過ぎる。

一方、達真《たつま》にはそんな洋平がうらやましく映っているようで……。

「あーあ、俺も空中の民だったらな」

椅子の背もたれに身体《からだ》を預け、再び天を仰ぐ達真。

「そうか？」

「いや、正直空中はどうでもいいけど、モテたい。ちょっと性格ヤバいのでもいいからモテたい。そして、二、三人にモテてとっかえひっかえしたい」

実に正直に現在の心境を語ってくれる達真。

まったくさすが眼鏡の似合わぬ男である。

「あー、モテたい」

教室中に聞こえるような大声でもう一度宣言する達真。

「あんたら、うるさいんだけど！」

正直な告白に対して返ってきたのは厳しい叱責の声だった。

その声の主は武市夏穂《たけいちなつほ》。

教室の一番後方の席。

夏穂は腕組みしたまま、威嚇するかのように脚を大きく組み替える。短いスカートから大胆にのぞく太もも。

「あ、なんか、ごめん」

「ったくよお、声がデカいんだけど！」

明るめの茶髪。露出度多めの制服の着こなし。

そしてちょっと日焼け気味の肌。

要するにギャルである。人呼んでギャルなのである。

「ついつい。でもこれも普段モテてないせいで。品のない話を」

「知らないいし。とにかく、さっきから空中要塞、空中要塞、うるさいんだよ。イライラすんだよね。あたし空中要塞の話されっとムカつくんだよ」

「えっ!?　そっち？」

鋭い視線で睨《にら》みつける夏穂。

睨んでいる先は、達真ではなく洋平。

ターゲットは明らかだ。

てっきり達真の下品な話が原因だとばかり思っていたが……。

「あ、そう……」

「悪いんだけど、とにかく、あたしは空中要塞の話嫌いだから。ちょっとだけ気をつかってくれると嬉《うれ》しんだけど」

「わ、わかった」

「ロボもウザいしさ。マジ邪魔、はぁ、イライラするわ」

夏穂《なつほ》はもう一度キリッと洋平《ようへい》を睨《にら》みつけ、荒っぽくカバンを掴《つか》むと、席を立ち、教室をあとにする。

「ふぅ……」

洋平の口からひなたを追い出した時とは別種のため息が漏れる。

まさかこんなにキレられるとは。

……「びっくりしたな」と達真《たつま》に話そうとしたのだが。

「いいなあ。やっぱ空中要塞の王族は」

達真はなぜか羨望の声を上げる。

「なにが?」

「ギャルに叱られるって、最高のご褒美だろ」

「それはお前の趣味だろ」

「洋平、人類はな。ギャルに叱られると興奮するようにできているんだ。これは不変の真理だぞ」

きらりと輝く達真の眼鏡。

その輝きだけは冷静な分析を下したかのようである。

「人類ハ、ギャルニ、叱ラレルト、興奮、人間トハ不思議ナモノ、興味ガツキナイ」

「3号が変な学習をしてるし……ったく、前途多難だな」

さらに処理できないできごとの連続。

思わず頭を抱えたくなる。

「それにしても、今後は気をつけないとな。ギャルに叱られるのはいいもんだが、本気で嫌われるのはマズい」

達真は先ほどよりはやや真面目な口調で言う。

「それはまあ、当たり前だな」

なにせギャル以前に同じクラス。険悪ではいたくない。

「それにしてもびっくりしたな。そういえば、夏穂も雰囲気変わったな」

達真はしげしげと感慨深げに言う。

そういえば、達真は一年のころから夏穂と同じクラスだったはずだ。

「前はああじゃなかったの？」

「ああ、一年の時はもっと真面目っぽい雰囲気だったんだけど、二年になってから……」

「もしかしてなにかあったのかな？」

家庭内不和。友達との喧嘩《けんか》。

とにかく思春期特有の悩みなどが……。

「それは知らんが、とにかくギャルっぽくなったな。非常にいい」

達真《たつま》は何度もうなずく。どうやらその変化に納得の様子。

少なくとも全然心配していない。

ただのギャル好きである。

「まさか、達真がそれほどまでにギャル好きとはな……」

「お前もいずれわかるよ」

達真はそう言うと、窓の外を眺め、遠い目をする。

そしてそれを真似《まね》て窓を眺める3号。

人類はギャルに叱られるのが好き。

そんなことをロボに学習させてしまったのだった。

◆

その日、洋平《ようへい》は学校が終わると、西所沢駅《にしところざわ》ではなく所沢駅へと歩いて向かっていた。

学校からの距離は所沢駅の方が遠いが、西所沢駅からのルートは乗り換えがあり、結局時間はそれほど変わらない。

それに洋平は誰かと一緒に帰るのが嫌いなタイプ。

西所沢に知った顔が向かったら、逆方向の所沢に向かう。

運悪く両方に同じクラスの連中が向かったら、しょうがないのであさっての方向に向かい迂回《うかい》ルートを取る……。

そうしてひとりで街ブラして帰るのが洋平にとっての癒《いや》しなのだ。

ぶらぶら歩き、コンビニがあれば吸い込まれるように店に入る。

今日はファミマに……。

──とりあえず夢素香《むすか》にファミマのスフレプリンでも買ってやるか……。

夢素香のためにひとつ、いつも一緒のあかねのためにもうひとつ購入し、店を出る。

「うざいな。いい加減、本気でうっとうしいんだけど」

店を出た洋平の耳に飛び込んできたのは、女性の罵声だった。

どうにも声に聞き覚えのある気がして洋平は周囲をうかがう。

「本当にやめて！　マジうざい」

その声の主は夏穂《なつほ》だった。

夏穂の前にはいかにも柄の悪そうな男性がふたり。囲まれている。

そのうちのひとりが夏穂《なつほ》の手を握ろうとして振り払われたところだ。

「いいじゃん、どっか行こう」

どうやら持ち前のギャルっぽさが災いして強引なナンパを受けている様子。

「行かないって言ってるだろ」

「嘘《うそ》だぁ。こんだけエロい格好《かっこう》で誘ってるんだから、行くでしょ」

男が再び夏穂の手首をつかむ。

なんとか振りほどこうと暴れる夏穂。

相当困っているように見える。

――見逃すわけにはいかないいか。

仲がいいとは言えないが、曲がりなりにも同じクラスの女子。

この状況で放置するわけにはいかない。

「あの……やめてあげてはどうでしょう?」

洋平《ようへい》は男たちに声をかける。

注意が洋平に向いた隙に腕を振り払う夏穂。

一方、男たちの興味は一気に洋平に。

「へえ、度胸あるじゃん。これ見てもまだ、そんな口利ける?」

男がジャケットの内側から取り出したのはバタフライナイフだった。

「おい、光輝《こうき》、大人げなくね？　いきなりそれはヤバいっしょ」

「いいの。こういう子が二度と調子乗んないように、強めにお仕置きしないと。ねえ、真面目君がどうして調子乗っちゃったのかな？」

ナイフをもてあそびながら、ゆっくりと接近する男。

「うわー、光輝やっぱすげえわ」

「勇気を出せばなんとかなると思っちゃった？　見た目ほどはヤバくないかもって。残念、俺は見た目よりもヤバいんだよね」

「はあ……」

「どう？　これ見てまだ舐《な》めた口利ける？」

その男は洋平《ようへい》の顔の前でナイフの刃を煌《きら》めかせる。

「別に、舐めた口とか……ただ……」

「あぁ？　ただなんだよ？　ああん、言って……」

男はそこまで話して、途中で言葉を失った。先ほどまでニヤニヤした笑みを浮かべていた顔も一変している。男の見つめる先は洋平の後方。

洋平もつられて振り返ると……。

そこにはロボットの姿が。

「おもっきりロボじゃん！　それはなしだろ！　反則だぞ」

刃渡り十五センチほどのナイフと全長二メートル五十センチはあるロボット。

その差を反則だと言っているのだろう。

「ギギギ……、グ、ガガガ……」

「ああ、今日はあんま見かけないと思ったら、5号だったか」

洋平はナイフのチンピラに半ば興味を失いつつある。

そもそも、ナイフで脅されるよりも超古代兵器のロボットに付け回される方が厄介さでは上だ。

「街の喧嘩《けんか》でロボやめろよ！」

連れの男も文句を言っているが……。

「そのつもりは……。っていうかナイフもなしでしょ」

「ギギギ、人間……殺ス。鳥モ殺ス……草花……ムシル！　犬、撫《な》デル！」

チンピラふたりに向かって敵意むき出しの5号。

ふたりをじっと見つめる5号の左目が赤く光を放ち始める。

「なんか人類を恨んでるし！　バカ、やめろっ！」

突如として熱光線を発する。洋平はとっさにロボを突き飛ばして、照準を外す。

光線はナイフを持った男の足元を照射。

アスファルトが気化して不気味な湯気を上げる。

よりにもよって5号とは……。

ロボットにも個性があり、なかでも5号は理解不能の危険なタイプ。

肩に止まった小鳥をまるで蚊を潰すかのように叩《たた》くタイプなのだ。

「うぉ、レーザー撃ってきたし！　ヤベエ、程度を知らないバカだ！」

男たちが逃げていく……。

どうやら追い払うことに成功したようだが……。

なぜか助けられた本人である夏穂《なつほ》が引いている……。

「まさかこんなベタな展開があるなんてね」

「ベタになってないし……」

「俺はベタだったんだけど、護衛の兵力がね」

「こいつ殺そうとしてたぞ」

夏穂は5号を睨《にら》みつけながら言う。

ガラス玉のような目を赤く明滅させている5号。

ナンパをする輩《やから》よりはるかに危険ではある。

「そこはみんなには黙っておいてもらえないかな」

「まあいいけどよ。そんなことより、この後、時間ある？」

「どうして？」

「ど、どうしてってて、お礼くらいさせてくれよ」

夏穂は恥ずかしそうにそう言うと、ぱっと目をそらす。

──お礼……。

洋平《ようへい》はごくりと生唾を飲み込む。

ちょっとギャルっぽい女子をヤンキーから助けたお礼と言えば……。

◆

お礼はぎょうざの満洲《まんしゅう》だった。

駅の近くにあるぎょうざの満洲、所沢《ところざわ》ネオ東口店。

駅の復旧工事後にできたとは思えない懐かしさを感じる椅子とテーブル。そしてスリッピーな床。

「なんで餃子《ギョーザ》……？　もう少し色気というか」

「うるさいな。男子って満洲好きだろ」

夏穂はそう言うと背もたれに身体《からだ》を預けたまま、プイッと顔を背けた。

おそらく男子とふたりきりで色気のある場所に行くことが恥ずかしく、結果満洲になってしまったのだろう。見た目に似合わずピュアなのだ。

「まあ、そうだけど。なにせ三割美味《うま》いからな」

「……こうなったから言うんじゃないけど、あたしはお前のこと嫌いなわけじゃないからな」

「えっ、そう？　てっきり死ぬほど嫌われていると思ったけど」

「そんなことない……。苦手なのはお前じゃなくてさ」

長い髪をかき上げ、なんだかイライラした態度で餃子《ギョーザ》をひとつつまみ、口に運ぶ夏穂《なつほ》。

「じゃあ、なに？」

「……だから、その……苦手なんだよ。空中要塞」

「どうして？」

「それは……ちっ、なんでおまえに身の上相談しないといけないんだよ」

「タメ込ムノヨクナイ。話セバ気ガ楽ニナル」

「ロボに言われたくねーよ！」

5号もしれっと席に座っている。

「まあ、もしよかったら、空中要塞のクレームなら当主に伝えるよ」

洋平《ようへい》は優しく微笑《ほほえ》みかける。

「別に空中要塞そのものに文句があるわけじゃない。そりゃちょっと暗いし、不気味だし、ウザいなって思うけどさ」

「十分文句だけど……」

「そうじゃなくて、ウチの親父《おやじ》がさ……。ちょっと入れ込んでんだよね、空中要塞に」

「えっ、もしかして空中要塞マニア？　グッズとか持ってる系？」

ひなたに続きふたり目のマニア発見か？

「そうじゃないよ。あんなバカみたいなグッズ、買わねえし」

「じゃあ、なに？」

「だから……市長なの。所沢《ところざわ》の」

顔を背けながら照れ臭そうに答える夏穂。

「えーっ！　市長って……えーと、あの、えーと、あの……」

「まあ知らないよな」

「すまん！」

洋平はわりと早めに思い出すことをあきらめた。中学校の卒業式で市長を見たことがあったはず。しかしその顔と名前は覚えていなかった。

洋平は勉強はかなりできる方。偏差値も六十を超えている。中学時代の北辰《ほくしん》テストの結果も非常に良好。学習能力にはいささか自信があったのだが……。覚える気がないとは恐ろしいものだ。

「で、市長として、空中要塞の撤去に政治生命かけちゃってるわけ」

「ああ、そっちか！　出て行け方面の」

洋平《ようへい》は横断幕とプラカードを掲げ、デモをする一団を思い出す。

「そう。そっち方面。空中要塞問題の解決を公約に当選した系の感じ」

「そっか……市長だったか。反対派のボスみたいなもんだね」

「そう、だからウチの親父《おやじ》はあんたたちの敵なの」

夏穂《なつほ》はちょっといたずらっぽく笑いながら言う。

「それは……どうも」

まさか夏穂のお父さんが空中要塞反対派の市長だとは……。

「別にあたしは敵じゃないし。あたしはむしろ親父に迷惑してるんだよね……ってロボ、勝手にタッチパネル押すな！　なに小ライス頼んでんの？　食えねーだろ」

「ロボ　コウイウ　メカ　サワリタイ」

「ご、ごめん。それで、どういうこと？　迷惑してるって」

「市民が空中要塞で迷惑してる以上に、あたしは親父に迷惑してんの。毎日、反対派と打ち合わせしたり、デモの先頭に立ってアピールしたり、国や県を動かそうとしたり……、家庭も巻き込んでいい家族を演じさせられるしさ」

「そ、そうか……」

「別になにしてくれても構わないけどさ。本当のところは母親と夫婦関係が悪くてさ。その癖にいいパパぶるから家がすさんでしょうがないんだよね」

夏穂は三割美味《うま》い餃子《ギョーザ》を口に放り込みながら、ぽつぽつと事情を話し始める。

話しはじめると夏穂の愚痴の勢いは堰《せき》を切ったように加速する。

どうやら市議であるお父さんはすべてにおいて政治活動優先。そのため夫婦仲が険悪になり、家庭は冷え切り、娘である夏穂も迷惑しているのだという……。

「なるほど、それでグレたんだ」

「グレてないし！」

「えっ、そうなの？　てっきりレディースに入ったものだと」

「そんなものないし！　好きでギャルっぽいファッションをしてるだけで、別に悪いことしてねーし」

「そうだったんだ。てっきり、父親への反抗的な意味があるのかと」

「言うほど反抗もしてねーし。夫婦関係さえ修復してくれれば、憎んでるとかじゃねーし」

「あれ？　意外と素直」

「だからグレてないから！」

「本人ハソウハ言ッテモ、思春期ノ女子、繊細、ドコカ反発心アル。愛情ニ飢エテル」

「ロボに言われたくないし！　って、また小ライス頼んでるし！　どうすんだよ、小ライス二個って」

「それで空中要塞的にはなにかできることはないのかな?」

「はあ?」

猜疑心《さいぎしん》たっぷりの目で洋平《ようへい》を見つめる夏穂《なつほ》。

「なんか空中要塞のせいで親子の仲が悪くなったって言われちゃうと、もうしわけなくて」

「別に……そんなつもりで話したわけじゃないし」

「あのさ。俺一応空中要塞の偉い人なわけ」

「らしいね」

「一応、王の血族であり、王家直属の特別補佐官でもあるから」

「それじゃあさ、どこかに移動してくれない? 久喜《くき》あたりに」

「それはちょっと……」

なぜ候補地は久喜が基本なんだ……?

「じゃあ、どうすんだよ」

「うーん。なんか逆にない?」

「こっちに聞くか?」

「ただね。空中要塞の人間になってみて思ったんだけど、そんなに悪い人じゃない気がするんだよ。なんとなく純朴で。誤解を解けば仲良くなれると思うんだけどな。わかりあえると思うんだよ」

「悪いけどウチの親父《おやじ》はそんな純朴じゃないぞ」

「どういうこと？」

「別に街のためだけに反対運動やってるわけじゃないから。利権だよ。利権」

夏穂は憎々しげに餃子《ギョーザ》を突っつきながら話を続ける。

「ウチの家は元々土建の会社やってるわけ。それで旧松《まつ》が丘《おか》地区あるだろ。民間の投資とさらに税金入れてあそこの再開発しようとしてるんだけどさ。なかなか資金が集まんなくてゴタゴタしてんの」

「どうして？」

「あんたらが浮かんでると所沢《ところざわ》の地価が下がるわけ。空中要塞があると」

地価の上昇率と投資について語るギャル。つまりは夏穂の父親である武市《たけいち》市長はただ市民の安全のために反対運動をしているのではないのだと……。

「これからSNSを使ってイメージアップしていくつもりなんだけどね。空中要塞って思ったより危なくないし、害ないって」

「今まさに悪さしてるけどな、お前んとこのロボが。ほら、また小ライス押すぞ。こら、押したらダメだって。もう押してないだろうな」

「ダイジョウブ、寸止メ、神ニ誓ッテ連打ナドシテイナイ」

夏穂はお母さんのようにロボの前からタッチパネルを取り上げる。

この溢《あふ》れ出《で》る圧倒的な母性。……好感を持たざるを得ない。

「とにかく悪かったな。せっかく助けてくれたのに敵の娘で」

「まさか。同じクラスの生徒に敵とか味方とかないし。それに女の子が困ってたら、助けるのは当然でしょ」

「なんだよ、急に格好いいこと言わないでもらえる？」

「格好いいとかじゃなくて、普通にね。なぜなら圧倒的な武力があるから」

洋平《ようへい》はそう言うと椅子をギシギシときしませながらちょこんと腰かけている5号をチラリと見る。

そう、洋平は空中要塞王家の血筋。ヤンキーレベルであれば、古代兵器で消し炭にすることができるのだ。絡まれて女の子を助けるなど造作もない。

「勇気があってとかじゃないのな。正直だな、お前」

「そう？」

「いや、いいわ。なんか誤解してた」

夏穂《なつほ》は洋平の肩をバンバンと叩《たた》きながら楽しそうに笑う。

屈託のない明るい笑顔。

笑顔を見せられると随分と印象が違う。

この打ち解けた雰囲気に賭けて洋平はさらに切り込んでみる。

「満洲《まんしゅう》もいいんだけどさ、もうひとつお礼してくれないかな？」

「なんだ？　山田《やまだ》うどん？」

「さすがにもう食えねえ。そうじゃなくて、お父さんに会わせてくれないかなって。説得したいんだよ。空中要塞はそれほど害はないって」

「親父《おやじ》と？」

死んだ目と称される洋平の目が怪しく輝く。

夏穂はその意図が理解できず、ただただ首を傾《かし》げるばかりなのであった。

ご注意

いつも当店をご利用いただきありがとうございます。

先日、**五十四杯もの小ライスをタッチパネルにて注文し、後ほどキャンセル**されるお客様がおられました。大ライスの存在を知らないかのような連打っぷり。当店の損害になるだけではなく、食品のロスの面からも環境の負荷がございます。

大変恐れ入りますが、今後**小ライスを連打**するお客様は御退店をお願いする、もしくは**御シバキ**させていただく場合がございます。また**デザイン古めのロボット様の来店時**には**疑いの目で監視**させていただきますことご理解いただきたく存じます。**三割監視の目を強化**したいと思っております。

今後、タッチパネルのいたずらは固くお断りいたします。

かた焼きそばよりはるかに固く、固くお断りいたします。

5

KOBATO

「動画見放題！　ネット動画配信システム」

そんな学校生活がありつつの週末。

洋平《ようへい》は当然ながら空中要塞こばとの上で過ごしていた。

相変わらずこの巨大な浮遊物体はゆっくりと所沢《ところざわ》市上空を漂っている。

その全長は九百メートル超、水滴のような形の楕円形《だえんけい》。

こばとの主《あるじ》である夢素香《むすか》とその婚約者である洋平はこばとの最後尾、楕円の一番膨らんだ部分へと移動していた。

こばとの上部の平地というか甲板部分は果樹園になっているか、もしくは羊の放牧地として利用されている。

要塞本体の内部、甲板直下の区域は上《かみ》スラスタ町をはじめとした居住区。

兵器、ロボットの類は船首付近の船底。

甲板上部に立ち並ぶ塔、その内部は水耕栽培で作る小麦と野菜畑。

少ないスペースを有効利用しているのだ……。

そして現在洋平と夢素香がいる上甲板の最後尾は放牧地となっている。

一面に広がる芝とシロツメクサの青々とした絨毯《じゅうたん》。

まさに要塞の端も端、ギリギリにいるので人の姿は見えない。

かすかに聞こえる羊の鳴き声。「ビエエエエ」となんとものどかな響き。

ここに来る途中で通過した対空高射砲付近で数匹の羊がのんびりと草を食《は》んでいる。

「ふふふ。子供の頃は度胸試しでよくギリギリまで来たものである」

夢素香《むすか》ははにかみながらそう言うと、ドレスが汚れるのを構うことなく、身体《からだ》を放牧地に投げ出す。

それに倣い洋平《ようへい》も寝転がる。

頬《ほお》に触れるシロツメクサの柔らかな感触と青臭い香り。空中要塞育ちでなくともなんとも懐かしい気持ちになる。

「こうやって顔だけ出して、下を覗《のぞ》いたりしたな」

夢素香は匍匐《ほふく》前進でさらに空中要塞の端ギリギリまで接近。

そこからぴょこんと頭を出し、六百メートル下の地上をのぞき込む。

「おいおい。大丈夫?」

しかも夢素香は肩まで身を乗り出した状態で、楽しそうに足をバタバタとさせている。

高所恐怖症の人間であれば卒倒するレベルの行為だが、まったく恐怖心を感じていないようだ。さすが空中要塞の主《あるじ》……。

「なんの問題もない。空中の民なら誰もが子供のころにする遊び。洋平殿もやってみたまえっ！」

「あ、うん」

空中要塞の主とはいえ、夢素香は年下の女子。こんな感じで誘われてしまうと、どうにも断りづらい。

洋平はゆっくりとうつ伏せで前進し、慎重に顔を要塞の端から出す。

当然だが、手すりなど一切なし。

立って覗くよりは寝転がっている方がむしろ安心感がある。

――眼下に広がる大パノラマ。

地球の丸さを感じる地平線。

真下には所沢《ところざわ》の街が広がっている。

延々と広がる住宅街。

先の大戦後に建てられた新築物件が多く、マンションも近代的だ。

そして街のシンボル西武《せいぶ》ドームの雄姿。

大戦時に全壊したが、市民の寄付によって現在では完全に再建されている。

余談だが募金活動で使われた樽《たる》は入間《いるま》の博物館で展示されている。

一方で左手に見える旧松《まつ》が丘《おか》地区はいまだ瓦礫《がれき》の山。所沢すべての瓦礫を集め、いまだ処理しきれていない。

コンクリートの破片とぐにゃぐにゃに曲がった鉄骨がうずたかく積み上がっている。

かつては緑あふれるのどかな丘陵地帯で、新田義貞《にったよしさだ》の将軍塚でお馴染《なじ》みの散歩コースだったのだが……。残念ながらその面影はない。

秘密裏に各国を守護していた空中要塞同士の小競り合いから始まった大戦。

各国の軍隊同士の衝突は限定的で、第二次世界大戦のような市街地の爆撃はなかったのだが、それでも被害はゼロでなかった。いまだ癒えない街の傷跡だ。

ゆっくりと旋回を続けるこばと。

こうしている間にも刻々と見える風景が変化する。

あれは……富士山だ。

晴天とあって、はっきりと富士山が見える。

ふじみ野市など埼玉でも富士山が見える地域は多いが、このあたりから見えることは珍しい。さすがは空中である。

とはいえ、それほど高いところが好きではない洋平《ようへい》。すぐに顔を引っ込め、端から少し離れて仰向《あおむ》けになる。しかし夢素香《むすか》はなんとも幸せそうな笑顔。

「やはり気持ちがいいのう」

夢素香も仰向けに体勢を入れ替えると、並んで寝転がり、洋平の手を握る。

シロツメクサの草原で手をつなぎ寝転がるふたり。

なんともロハスなデート風景であるが……。

目的はデートではない。

「洋平殿、ここなら大丈夫かのう」

「いけるとしたらここしかない」

洋平はつないでいない右手をポケットに突っ込み、スマートフォンを取り出す。

確認するのは電波の入り具合。

「どうであるか？」

「うおっ、ギリ、入ってる！」

洋平のスマホの表示が圏内であることを示している。アンテナは一本もしくは二本。

良好とはいえないが空中要塞上空では破格。

「ついに……ついに見つけた、ふふふ、ついにやったぞ……」

「本気で大変だったたな」

洋平の脳裏を駆け巡る今日一日の苦労。

ひたすらスマホをかざしながら要塞内を隅々まで歩き回り、電波が入る場所を探していたのだ。

そもそも空中に浮かぶ要塞では分厚い地面の下から電波を受信する形になる。

しかも要塞の素材が謎の金属とも陶器ともつかない物質、これが電波を阻害しているらしく……。基本は圏外。

洋平《ようへい》はスマホ片手に朝から午後四時まで電波が入る場所を探し続け、結果唯一電波が入る場所がここだったのだ。

「しかし、洋平殿、さすがである、広大なスペースから、ここを見つける洞察力と根性。婚約者として私も誇らしい！」

「グッズの販売のためにもネットで確認できた方がいいし。それになんかかわいそうだったから。永久に圏外ってさ」

洋平からすると電波は入って当然。

一度くらいはネットができるさまを見せてやりたいと思ったのだ。

「それで、それで、どうするのだ？　見せたまえ！　インターネッツとやらを！　地上の民の娯楽、念のため確認してやろうではないかっ」

洋平に絡みつくように身を寄せ、スマホを覗《のぞ》きこむ夢素香《むすか》。

口ぶりは地上の民の使用するツールを念のため確認してやろう的な感じだが、態度は裏腹、初のインターネット体験をいまかいまかと待ちわびている。

「どうしようかな……」

「見せたまえっ！　もったいぶらずに！　早くっ！　早く！」

気取った態度はすぐに崩れ、もう興味深々。

スマホを触りたくて子供のように洋平にまとわりついている。

本来はこばと公式ネットショップかＳＮＳのアカウントの画面を見せるべきなのだろうが、まだ全然人が集まっていない。この状態を見せると無駄に不安に思われてしまうだろうし、そもそもネット初心者の夢素香には意味がわからないだろう。

ならば……。

インターネットの初体験ですることといえば、やはりグーグルで検索だろう。

一番わかりやすく一番典型的な利用方法といえる……。

とりあえずスマホのロックを解除し、インターネットブラウザをタップする。

「ふんふん……」

夢素香はスマホの画面が覗きこみたいらしく、草原にうつ伏せになって操作する洋平の背中の上にのしかかる。

「おいおい、ちょっと……」

抱きつくように背中に乗り、頬《ほお》をくっつけ、スマホを見つめる夢素香。

さすがに少々重いが、背中越しに伝わる感触的には悪くはない。

「まあいいではないか。それでどうするのだ、さあ解き放つがいい、インターネッツとやらを」

「じゃあ、検索するね……」

洋平《ようへい》はグーグルの検索バーに〝空中要塞こばと〟と入力。

その操作に応え、すぐさまインターネットブラウザは検索結果を表示する。

最初に現れたページは――。

『実は嫌われている!?　空中要塞こばとで迷惑している人のまとめ』

大手まとめサイトに作られたアンチ空中要塞の呟《つぶや》きのまとめだった。

さすがまとめサイト、検索に強い。上位表示だ！

「これは……なんであるか？」

頰《ほお》をぴったりとくっつけたまま、アンチのまとめに興味津々の夢素香《むすか》。

「いや……、まあ、空中要塞に関するいろんな意見かな……？」

「ほう。地を這《は》う民が生意気な。どれ読んでやろうではないか……ぬぬ……日照権？　ガーデニングの邪魔……偉そうに」

案の定、夢素香はかんかん！

洋平の背中の上でムキになっている。

「ネットっていい意見も悪い意見もなんでもあるから。自由な意見交換の場っていうか」

ネット歴数秒の夢素香にネットリテラシーを説いてもしかたないとは重々承知。

しかしこれくらいしか言えることがない。

「地上の民が空中の主《あるじ》に意見など百年早い！　庭の花など知らぬ！　ならば永遠に草一本生えぬ大地にしてやろうではないかっ！」

「スルースキル！　ネットで一番大事なのはかっかしないこと。気にしない、スルーして」

空中要塞の主になぜかスルースキルを説く洋平。

なんとかなだめて、多少の冷静さを取り戻してもらう。

「ぬうう。スルー……？」

「そう、気にしない。ほら機嫌直して」

洋平が笑って見せると、つられてはにかむ夢素香。

「ぬふぅう。うぬぅ、まあよい……。あくまで仕組みの理解が目的。それでこの関連キーワードとやらは……？　教えたまえ」

空中要塞こばと　邪魔
空中要塞こばと　危険
空中要塞こばと　暴力団　癒着
空中要塞こばと　消し去る　方法
空中要塞こばと　おっぱい　アイコラ　画像

「……うーん。なかなかのサジェスト汚染具合だ」

ずらりとならぶネガティブな関連キーワード。

洋平《ようへい》にとってはこれもまた説明しづらい現象である。

だとしてもまったく説明しないわけにはいかない。

「空中要塞こばとと一緒にどんな言葉を使って検索しているかを示してるんだけどね」

洋平は複数ワードによる検索について簡単に説明する。

それについてはなんとなくではあるが即座に理解する夢素香《むすか》。

さすが空中要塞の主《あるじ》。頭脳明晰《めいせき》ではある。

「つまりはこの空中要塞について、どのような印象があるか？　また我がこばとについて、どのような情報を欲しておるか、それが表示されてるのだな？」

「うん、そうなるね」

「ぬぅ！　なぜなのだ。どうしておっぱいになるのだ！　説明したまえ！」

「画像検索だと、空中要塞の画像以外に、夢素香の画像も出てくるから、それで、ヌードもないかなと検索してるんだろうね……」

市長との会談シーン。県知事との握手の場面など、政治関係のニュースで夢素香の画像は数枚ではあるが公開されている。

その画像から美貌が噂《うわさ》となり、それにより、アイコラを検索する結果となって現れたことが推測される。

もちろん洋平はそれを本人に伝える愚行は犯さないが。

「完全にゴミのようではないか！　圧倒的にゴミのような品性である！　焼かねばなるまい！　地上を！　七日七晩焼き尽くすしかあるまい」

「ヌードを求める心はむしろ純粋な少年の心というか。許してやってほしい」

思わず擁護する洋平。

まったくその必要はないのだが、本来はそっち側の人間。そんな心情から無意識のうちにかばってしまったのだ。

「とにかく、上品なものも下品なものも知的なものもバカみたいなのも、ウソも真実もごちゃまぜなのがネットなの」

「うーん。不便なものであるな。悪口ばかりのようだし。空中の民の気質にはそぐわぬ」

夢素香は洋平の背中から降り、ぐるんと寝返り仰向《あおむ》けになる。

ちょっと気落ちしているようにも見える。

――無理もないか……。

洋平も夢素香の心情をおもんぱかる。

いきなりネガティブなエゴサの結果を見せられたら、初心者じゃなくてもへコむ。

かといって、これで終わってはネットを誤解したまま。

多少はネットの楽しさも知ってもらいたいところ。

「ググるだけじゃなくてさ、ネットはいろいろできるから」

「まさか……モ、モズれるのか？」

「だからそんな言葉はない！　そうじゃなくて」

洋平《ようへい》もごろりと回転し、夢素香《むすか》の隣で仰向《あおむ》けになる。

——シンプルに楽しいエンターテインメントを。

洋平が立ち上げたのは動画配信サイトのアプリ。

誰もが知る、月額制で会費を払えば映画やアニメ、バラエティが観放題《みほうだい》のサービスだ。

「ふむむ？」

すでに夢素香の好奇心は回復。

動画配信のアプリを目を輝かせて見つめている。

「えーと、じゃあ、こうやってドラマも全話無料でいつでも観れるんだよね」

洋平が選んだのはアメリカの人気ドラマの第一話。

突如ゾンビが現れる話だ。

「おお……、ほほう……。知らぬ間に……アメリカでは恐ろしいことが起こったのだな」

「現実じゃないよ。お話、お芝居」

「これがっ！　まるで本物である！　面白いのう！　もっと見せたまえっ！」

夢素香は洋平にぴったりと身体《からだ》を寄せ、手を伸ばし一緒にスマホを支える。

空にはゆったりと流れる雲。

ひんやりとした風。

子羊の鳴き声。

そしてスマホに映る人気ゾンビドラマのシーズン1。

「おおお、怖いっ、ゾンビとやら怖いではないか！　ゾンビめ、すぐ噛《か》むではないか！　早く逃げねば！　なにをしておる、女！　逃げよ！」

のどかで美しく、そして危険でもある空中要塞の縁。

そこに寝転がり、スマホでアメドラを鑑賞する。

なにかを猛烈に無駄にしている気がしてならない洋平であるが、ここの主《あるじ》である夢素香はとにかくゾンビドラマに夢中。

スマホの中で巻き起こるゾンビとのバトルに心を奪われっぱなしの様子。

「食べる？」

そんな夢素香に洋平がすかさず差し出したのは……。

「こ、これはアルフォートではないか！」

「ドラマのお供に」

もちろんこれを断る夢素香ではない。

さっそく帆船マークのチョコビスケットをひとつまみ、

「ぬうう。なんと、もはや天国ではないか！」

「なにか軽くつまむのが動画視聴の基本だから」

「もうしわけないのう。お話のなかでは、食料確保のために大変なのに。こちらはアルフォート食べ放題である。まさに贅沢《ぜいたく》の極み」

洋平《ようへい》にとっては空中要塞の端っこで、一切周りの景色に目もくれず動画視聴。それこそが贅沢の極みな気がするが……。

夢素香《むすか》にとっては空中要塞こそ日常。

スマホで動画を観《み》ることこそ非日常なのだ。

結局、一話だけでなく一気に二話も観てしまった。

そうしているうちに空中要塞の空もほんのりと赤みが。

夕暮れが近い。

高度、六百メートルとあって、気温もかなり下がってきている。

このままではふたりとも風邪をひいてしまう。

「じゃあ、今日はここまで」

「えーっ、ここからがいいところではないか！　最後まで観させたまえ！」

「いや、これものすごく長いから」

「何話まであるのだ？」

「いまシーズン9だから百話以上も」

「なんとっ！　見終えるまで何日かかるのだ！」

「アメリカのドラマは人気がある限り、引き延ばし続ける。グダグダになるまでいつまでもいつまでも。だから滅多《めった》なことではエンディングにたどり着けない。だいたい脱落してしまう。これは地上の民の悩みのひとつなんだ」

　洋平はゆっくりと赤みを増す西の空を眺めながら言う。

「そうか。難しいものだな」

「それに今日はあくまでネットが繋《つな》がる場所を探してただけだから。ゾンビドラマはついで。やりたいことは別にあるから。また話すよ」

　所沢《ところざわ》の街並み。さらにその先には狭山湖《さやまこ》が見える。

　西日を受けてキラキラと輝く湖面。

　その湖面を駆け抜けてきたであろう風が空中の草原を吹き抜ける。

　澄んで気持ちのいい風。

　その爽やかな風が動画を二時間近く観たことによるデータ通信量の不安も吹き飛ばしてくれたのだった。

◆

空中要塞上で電波の入るところを探して歩き回ったのは、別にアメドラが観《み》たかったからではない。

電波さえ入ればやりたいことがあったのだ。

そして、電波が入ることを確認した翌日、洋平《ようへい》は所沢《ところざわ》市庁舎の市長執務室を訪れていた。

市長に会うにはもちろんアポイントメントが必要。本来であれば一介の高校生が気軽に会うことはできないのだが……。

しかし洋平は市長の娘である夏穂《なつほ》の紹介がある。

「反対派とビデオ通話で討論?」

「はい。どうでしょうか?」

「空中要塞こばと王室付き特別補佐官……。夏穂のクラスメイトだよね。っていうことは年齢は?」

市長は洋平の顔をまじまじと見ながら少し怪訝《けげん》な顔をしていた。

「十六です」

「空中要塞ではそんなに若くから、こんな仕事を任せられるの? 元服が早いとか?」

「いえ、俺が……その王族というか……、王女の婚約者というか……そういう感じでして」

「ああ、なるほど。あの姫様の。へー、そんな人が夏穂の同級生。ふーん」

「ええ、空中要塞の誤解を解くためにぜひ討論を」

「誤解ねえ……」

「ええ、誤解だと思います」

「もし我々市民が空中要塞について誤解しているとしたら、それは空中要塞側に原因があると思うけどね」

「ですからそれを解くためにも討論会を。もしかして討論を通して誤解を解いたら不都合でもあるんですか？　市長は地価の問題もあって、こばとに退去してもらいたいとか……？　建築関係の利権がらみとか」

「ははは。夏穂がそう言ってたのか？　まるで悪徳政治家みたいだな」

「違うんですか？」

「僕は所沢市の地価を上昇させるためにもこばとは移転するべきだと思っている。でもそれは私腹を肥やすためじゃない。たしかに僕は建築業界の人間でもあるし、その関連票で当選した。それはもちろんいろいろと融通はつけなければいけない。特に予算関係ではね。……でもね、これもまた純粋に所沢市の復興のためだよ」

　さすが市長。

言葉に独特の説得力を感じる。

これは完全なる清廉潔白よりもあえて多少の汚れの部分を見せて信頼を勝ち取るやり方。口の上手《うま》さに関しては一家言ある洋平《ようへい》もこれには感心させられる。

「ではどうしても所沢《ところざわ》に空中要塞はいらないと？」

「そうとは言っていないよ。でも僕はあくまで市民の代表。市民が空中要塞の存続を望み、経済的にも存続のメリットがあるとなったら僕はいつだって考えを変える。だがいまは反対派が主流だし、僕も反対派の票で当選した。それだけのことだ。空中要塞の人たちは選挙権がないからね。君たちの意見を聞くわけにはいかない」

「なるほど、だったら僕たちの意見を聞くためじゃなく反対派の質疑に答えるために、どうでしょう？　反対派だって我々に議論の場に出て来いって言ってるじゃないですか」

「それは集会の注目度もあがるし、こっちとしては願ってもないことだけど、いいのかな？　そっちの姫様は。いままで何度も面談を求めても断られていたんだけど」

「俺が説得しました」

特別補佐官に任命されて以来、洋平もそれなりに反対派について勉強してきた。反対派が何度も夢素香《むすか》との討論を望み、その度に無下に断られたこと。

そしてそれが原因でさらなる噂《うわさ》と疑惑が湧き上がっていること。

「こばとの当主は市民と対話する気がない」、「こばと当主は市民に差別感情を持っている」、「こばとはアメリカ軍と裏で繋《つな》がっている」、「こばとには核兵器、または生物兵器が隠されている」などと噂が噂を呼び、批判は強まっているのだ。

――対話が必要であると。

「あの姫をよく説得できたね。君はよほど信頼を得ているようだね」

「いや、まあ……なんとか」

「わかった。再来週、僕も参加する脱空中要塞都市決議案の集会が開かれる。そこにビデオ通話でのディスカッションの機材をセッティングしようじゃないか。それでいいかい？」

「ええ、かまいません」

市長はしっかりと両手で握手を求める。

洋平もそれに応じて手を差し出す。

固く握手をして別れたのだが……。

◆

さらにその翌日。

こばとの最後尾。

もう数メートル進めば落下してしまうようなギリギリの縁。

唯一電波が入るシロツメクサの草原。

洋平《ようへい》は夢素香《むすか》とともにシロツメクサの草原に腰を下ろしていた。

「直接、顔を見て話をすれば、誤解も解けると思うんだよね」

洋平は夢素香の説得をいまさら試みていた。

俗にいう空手形。まずはアポを取ってから説得するの術である。

なにせ普通の段取りだと断られる可能性大。

「市長が是非にってお願いしてきてさ」

勝手に市長からの依頼に微妙に話をすり替え、強引に話を進める。

時系列をちょっとイジる、これもまた交渉術なのだ。

「洋平殿……言ったであろう。私はそう軽々しく地上の民とは会わぬのだ」

夢素香が地上の人間の前に姿を見せたのは三回だけ。

その相手は県知事が二回と前の所沢《ところざわ》市長が一回。

いずれも迎賓の間に知事、市長を招いての会談だったらしい。

会談の内容も詳細は非公開。市のＨＰに「和やかに会談が行われました」との報告と市長と握手する姿の写真がアップされたのみ。

「だからこそ人前に出て、反対派の疑問に答えれば、不安を解消できると思うんだよ。噂《うわさ》は嘘《うそ》だと言ってあげればいいじゃない」

「そうしたいところであるが、……全部が嘘とは言い切れぬからな」

「……嘘でもないんだ」

「ほとんどは嘘。しかしごく一部が本当だから否定しづらいのだ」

「そこはなんとかごまかしつつさ。そもそも夢素香が顔を見せるだけでも安心感が増すと思うけどな。三年前から顔出ししてないでしょ。あれからこんなに可愛《かわい》く成長したんだ、って思わせるだけでも、なんとなく親近感っていうかさ」

「か、可愛い……？　洋平殿はそう思っているのか？」

身を乗り出してまっすぐ洋平を見つめる夢素香。

キラキラと目を輝かせて……。

「まあ、それは……うん」

再確認されると洋平もさすがに照れくささを感じる。

「はっきりと言いたまえっ！　可愛いと！」

洋平の二の腕を両手でつかみぶんぶんと振り回す夢素香。

「わかったから。俺がどう思ってるかじゃなくて、不安に思ってる市民も顔を見て話したら、安心して……」

「洋平殿がどう思っているかが重要である！　言いたまえっ！　可愛いと！　一回それを言ってから話を進めたまえっ！」

二の腕にさらに強くしがみつく夢素香。

こうなると言うしかない。半ば強引に「可愛《かわい》い」と言わされる洋平《ようへい》。

それに満足した夢素香《むすか》はようやく本題に……。

「洋平殿が可愛い婚約者を見せびらかしたいのは理解できるのだが、そう簡単に空中要塞に地上の民を招くことはできぬ。もちろん私が地上に降りるなどもってのほかである。残念ながら、そのような場を設けるわけにはいかぬ」

「いや、わざわざそんなことしなくてもいいんだよ」

洋平はすかさずスマホを取り出す。

「それは……この前ゾンビを観《み》た実に楽しい装置、スマホであるな……」

「そう。これのビデオ通話機能を使えば離れていても、会談ができる」

「ゾンビとか？」

「違う！　反対派と」

「わ、わかっておる。それにしても便利な器具であるのう。ちょっと触らせたまえっ！」

「えーっ、あんまり人に貸さないものだけど」

「いいではないか！　触りたい、触りたいっ！　触らせたまえっ」

夢素香は洋平のスマホに興味津々。

貸してあげると夢中でアプリを立ち上げまくり、やたらとスワイプしまくっている。なんだか子供にスマホを触らせた時のようなリアクションだ。

「とにかくそれに入っているラインっていうアプリでビデオ通話ができる。それを利用して反対派とディスカッションすればいいと思う」

「言ってる意味はわからぬが、スマホとやらを使わせてもらえるのだな？　ならばやろうではないか！　どんなことでも尋ねさせるがいい。直ちに答えてやろうではないか！」

夢素香《むすか》はすっくと立ちあがると、握りしめた拳を掲げる。

湿気をはらんだ、夏の風にスカートをはためかせる夢素香。

こうして空中要塞の主《あるじ》、夢素香と反対派との世紀の討論が半ば衝動的に即決された。

その背景には洋平《ようへい》と夢素香の信頼関係、および電波の届く場所の発見、そして夢素香がデジタルガジェットに興味津々。そのような理由があったのだった。

◆

それから二週間後。反対派の集会、当日。

夢素香と洋平は再び空中要塞で唯一電波の入る地点。

こばとの最後尾の草原を訪れていた。

洋平の手にはスマートフォン。すでにラインはビデオ通話中。

実は洋平もラインのビデオ通話はほとんど経験がない。

なぜならこれはリア充の機能。陰キャにとっては通常のメッセージでのやりとりで十分。スタンプすら必要ないくらいなのだ。

しかし夢素香はビデオ通話がいたくお気に入りの様子で……。

「ほほう、気難しそうな人間が映っておるな。皆、眉間にしわがよっておる。反対活動などに血道をあげるからそのような顔になる。ゾンビとさほど変わらんではないか」

「しっ、もうつながってるから」

洋平は耳打ちするが、夢素香はまったく気にする様子はない。

スマホのモニターには集会の会場の様子が映っている。

反対集会の会場である中央公民館のホール。

会場のキャパシティは三百五十人。

夢素香がビデオ通話の中継で質疑に答えるとのことで、ホールは満員らしい。

画面に映っているのは交渉に訪れた市長。今回の司会だ。

そしてホールの舞台にはパネリストの反対派の女性が数人。

「ふむ、この上の画面が我々の姿。下の画面が相手の姿。つまりはこれが相手に表示されておるのか……」

夢素香は身体《からだ》を寄せて強引にカメラのフレームにふたりで収まる。

かなりアップの画角なので頬《ほお》と頬が触れ合う距離。

当然ながら集会の会場ではこの映像がプロジェクターで投影され、スクリーンで大写しになっているはずだ……。

「貴様らが反対派であるか。見よ、我々のラブラブっぷりを！　どうだ、お似合いだろう？」

頬《ほお》をぴったりと引っ付け、頬にキスをしようとする夢素香《むすか》。

「なにを見せつけてるんだよ！」

思わず反射的に顔を離しフレームアウト。

イヤなわけではなく、さすがにそれは恥ずかしいのだ。

「なにも照れることはない。地を這《は》う者どもに見せてやらねばならぬ。天空を駆ける王者のイチャイチャを」

「それはいいから。もうこれ会場のプロジェクターに映ってるから気をつけて、すぐに討論がはじまるし……」

洋平《ようへい》はマイクに入らないように小声でたしなめるのだが……。

夢素香はまったく耳を貸そうとしない。

初スマホのビデオ通話にテンションが上がりすぎの状態。

「どうだ。地上の民よ。この私、こばと当主の最新の姿を見たいと聞いたぞ。見せてやろうではないか。とくと拝みたまえっ！　この可愛《かわい》さを。このラブラブっぷりを」

もうノリノリである。

いっぽう画面の中の会場の様子は……。

ノーリアクション。

ビデオ通話画面の下半分では中年女性が静止画のように表情ひとつ変えずこちらを睨《にら》んでいる。

「このボタンはなんだ？　ふむむ？」

夢素香が勝手にエフェクトボタンをタッチ。

画面に映る夢素香の顔の回りからハートが飛び出る。

「おおっ、ハートが飛び出したぞ。面白いっ！　面白いではないか！」

今度は焦り顔のボタンをタップ。

顔の位置を自動認識。額から頬に汗が滝のように伝うエフェクトが発生。

「面白いっ！　うふ、うふふふ、これはいい！　楽しい。楽しいすぎるっ」

きゃっきゃっと歓声を上げながら、エフェクトボタンを連打する夢素香。今度は目から涙があふれ出る。

「目がぁ！　目があぁあ！　目が楽しいことにぃぃ！」

さらに画面を連打。ハート、キラキラとした星、頭の上にはクエスチョンマークまで。

エフェクトだらけで忙しい。

一方下半分の中年女性は……。

相変わらずのノーリアクション。恐ろしいほどの無表情でこちらを見つめている。

『……あの、我々の疑問に答えてください。そのための場なので』

見かねて司会の市長が進行をはじめる。

「おお、そうだった！　よかろう。発言を許可する。言いたまえ！」

『ではまず環境問題についてお願いします』

市長の声に続いて、画面に映る中年女性が話し出す。

『こばとの長い影がさいたま市の国指定特別天然記念物サクラソウ自生地に影響があるとの噂《うわさ》は知っていますか？　それから、こばとの発する特殊な電波でメダカが死んでいるとも言われていますが、どう考えていますか？』

「ふむ、メダカ？　メダカなど知らぬ！　死に絶えよ！」

きっぱりと言い切る夢素香《むすか》。

なぜか断言した後、カメラに向かってキュピーンとウインクしてみせている。

「おい、それはマズいって……」

洋平《ようへい》はマイクに入らないよう耳元でささやく。

「だってメダカだぞ。可愛《かわい》いといえば可愛い。……たしかに可愛いが、しょせんは小魚。メダカの影響を考えて空中要塞にどけと言われると……ぐぬぬぬ、うぬぬぬ。やはり腹が立つではないか！　私だって可愛いのにっ！　なぜどかねばならぬっ」

夢素香はわざわざちゃんと頭から湯気が出るエフェクトを選択。

怒っているんだぞとのアピールだろう。

しかしそのアピールはもちろん逆効果。

「すみません。いまのは冗談でして。現状、そのような報告は上がっていませんが、もしそのような現象があれば、影響を最大限抑えるように善処いたします」

必死にフォローを入れる洋平。

なんとか画面の向こうのパネリストたちも納得はしてくれているらしい。

『では続いていくつかの疑惑について答えていただきたい』

司会を務める市長の声。

それに続いてパネリストの中年女性が尋ねる。

『こばとはアメリカ軍と癒着しているって本当ですか？　いろいろと密約を交わしているとの噂があります』

「バカな！　そんなものがあれば、こんなに現金収入に困っておらんだろう」

『では核兵器、化学兵器、危険な兵器が隠されているというのは？』

「そんなものはいらぬ。こばとにはそのようなものを保管する人員的余裕もない。核など隠し持つくらいなら、そのスペースで怪しい草でも栽培したほうが生産的である」

「おい、だから余計なことを言うなって！」

「ただの冗談ではないか。他愛もない危険ドラッグジョークである。冗談はさておき、そもそも我がこばとにはアメリカの兵器など必要ない、我が主砲の火力は核をしのぐのだから！　ぬふふふっ！」

夢素香《むすか》が強調しなくとも、空中要塞の火力はいまだ市民の記憶に新しい。

大戦中の空中要塞同士の砲撃戦。お互い迷彩で姿を消しているため、砲撃の音だけが雷鳴のように鳴り響き、命中した瞬間だけ歪んだ要塞の姿がぱっと浮かび上がる。

その映像はニュースでも何度も繰り返し放送されてきた。

特にこばとの砲撃により炎上し、太平洋上に落下、沈没する空中要塞ゴールピの姿はまだ当時七歳だった洋平《ようへい》の目にも焼き付いている。

だからこそ夢素香の発言は不用意という言葉で言い表せないほどの圧倒的不用意。

全力フルスイングの不適切発言なのだ。

スピーカーを通してざわめきが聞こえてくる。

「……アメリカでなければ日本国とは？　日本政府と軍事的な密約を結んでますよね」

洋平も以前からその噂《うわさ》は聞いたことがある。

九年前のあの戦争以降、こばとと政府の間に軍事協力の密約があると。

憲法の解釈によりいまだ空母を持てない日本。

有事の際にはこばとが空中に浮かぶ空母として運用されるのだと。

「……我々は埼玉県と条約を結んでいる。この空中要塞のネーミングライツを提供する代わりにいくばくかの現金収入と所沢《ところざわ》市上空を優先的に利用する権利を得ている。それ以上の契約はない」

「本当に？　報道によるとこばとの上部には滑走路が作られているとか」

「そのようなものはない！」

と言いつつ夢素香がエフェクトボタンをタップ。

夢素香の顔から滝のような汗が伝っている！

「おい！　嘘《うそ》ついてる感じになってるから」

「ぬぬっ！　違う、別のが押したかったのだ。本当である。我々空中の民もまた戦争を憎む者である」

今度は夢素香の顔の回りにハートが発生。

実に楽しそうな絵面に……。

「おい。戦争大好きみたいだろ！」

「間違えただけである！　地上の民よ。気にしないでくれたまえっ！」

エフェクトでうさ耳が付いた夢素香が画面の向こうの聴衆に語りかける。

さすがに気にするな、と言われて納得するはずもなく、会場のざわつきがスピーカーを通じて聞こえている。

だれがどう見ても非常にマズい状況。

しかし洋平《ようへい》はそのなかでひとつの閃《ひらめ》きを得ていた。

――逆にこの状況を利用できるかもしれない。

脳裏に浮かんだアイディア、それは一種のミスリードのようなもの。

ある種の賭けだが、この状況にいたっては仕方がない。

「失礼しました。仕切り直しを」

洋平はスマホに向かって語り掛ける。

『滑走路はないのですね』

それに応じて市長が確認の質問。

「ないっ！」

夢素香《むすか》は疑惑を晴らすべく、堂々たる態度で断言するが……。

洋平はそれに合わせてすかさずエフェクトを追加。

ないと断言している夢素香が変顔に！

「もう一度言う、断じて滑走路はない！　私は平和を愛する！」

そう言った直後、夢素香の目からエフェクトのレーザービームが。

完全におふざけ。西武《せいぶ》ドーム上段に突き刺さる勢いのフルスイングでのおふざけである。

こんなビデオ通話のエフェクトでふざけるなどリア充のやり口。本来、洋平のスタイルではないが、ここは訳あって全力でふざける。
その結果……。
『どういうことですか？』
『あるんでしょ、滑走路！』
『説明責任を！　滑走路がないという証拠画像を！』
当然ながら会場は紛糾。
飛び交う非難の声。
まさに騒然とした雰囲気に。
「どういうことだ洋平殿？　さすがにやりすぎではないか？」
この状況に夢素香ですらドン引き。不安そうに眉をひそめている。
「いや、これでいい」
洋平はそう夢素香にささやき返すと、今後はスマホに向かって話しかける。
「大変失礼しました。これは手違いです、滑走路はありません！」
洋平が改めてそう宣言するが、それで収まるはずもなく。
その後も混乱のままディスカッションの時間が過ぎていく。
こうしてディスカッションは紛糾の内に終了。
通常であれば大失敗と言える状況……。

しかしこれこそが洋平《ようへい》の狙いなのだった。

6 KOBATO「視線の王者！　チューブトップ」

空中要塞こばとの主《あるじ》、はじめてネットで反対派と対話を試みるが、超絶おふざけを繰り返し、大混乱に。

その結果、反対派の勢いは増し、こばとには空母として使用できる滑走路があるとの疑惑は一層強くなった。

連日、所沢《ところざわ》駅前では滑走路についての疑惑に答えよとのビラが撒《ま》かれている。

——ここまでは狙い通り。この状況を後で利用してやる。

行き当たりばったりの作戦だが、こうなったらとことん突き進むしかない。

そもそも反対派と空中の民の溝は深く、洋平からしたらダメもとしかないのだ。

そして……。

もうひとつの問題はグッズ販売。

こちらも相変わらず売れ行きは芳《かんば》しくない。

ラインナップがラインナップなので仕方ないのだが……。

こちらに関しては起死回生のアイディアはない。

地道にSNSに画像をあげてアピールするのみ。

洋平《ようへい》は相変わらず空中要塞を巡りフォトジェニックなスポットの撮影を続けていた。

「機関部が見たいとは、洋平殿も男の子であるな。やはり男子はごちゃっとした機械が大好きなものである」

「まあ、メカっぽいものは嫌いじゃないね」

もちろん個人的な好みだけではなく、狙いはメカっぽい写真を撮ること。

空中要塞こばと、その地下二階、空中要塞の民が住む居住スペースのひとつ、上主砲町《かみしゆほう》。

上《かみ》スラスタ町に降り立ったエレベーターを使用し、さらに下降。

要塞の底近くを目指す。

エレベーターが着いた先は……。

まったく装飾性のない廊下。

床も壁も黒に近い灰色。

しかも狭い。人がふたり並んで通るのがギリギリの幅。天井も狭く、洋平は頭をぶつけそうなくらいだ。

夢素香《むすか》に従い廊下を進むことしばし。

例の紋章付きの扉が現れる。

夢素香は魔空石のペンダントをかざし、開錠。

扉が開かれた先には……。

「これこそが空中要塞こばとの動力源、高速空力反転回路である。どうだ男子は好きであろう？」

夢素香はそう言うと洋平に寄り添い腕を組む。

扉の先、洋平の視界いっぱいに現れたのは巨大な球体状の装置だった。

分厚い金属の半球を合わせた球体。その球体から何本も配管が伸びている。

木が根を張るように分岐し伸びる配管。

継ぎ目からうっすらと昇る蒸気が内部はかなりの高温であることを示している。

——まさにフォトジェニック。

洋平はさっそくスマホを構え、配管の写真を撮る。

空中の民である幼い兄妹《きょうだい》の純朴な写真。

それも悪くはないが、洋平にとって欲しかったのはやはりこれ。

このメカニカルな絵であった。

こばとに対して興味を持っている人がいるとすれば、それは軍事マニア的な方面の人だろう。そうなってくると、やはりメカニカルな魅力も必要なのだ。

危害を加えぬ安全な存在でありながら、ミリタリーマニアの気を引く、そんな方向で攻めたいのだ。

ゴオン、ゴオンと定期的に低い音を立てる高速空力反転回路。

まさに機械の心音だ。

「こばとを浮遊させ、移動のための推進力を発生させ、内部にあかりをともし、水を濾過しておる。このこばとの心臓である」

夢素香《むすか》は誇らしげにそう言うと、部下をねぎらうように回路に触れようとするが……。

「姫様、危のうございますぞ」

すかさず発せられる警告の声。洋平《ようへい》にはかなり年配の男性の声に聞こえたが……。

しばらくして巨大な球体の反対側から白いひげを蓄えた初老の男性が現れる。

「おお、ノブ爺《じい》、そこにおったか。紹介しよう、回路士のノブ爺である」

ノブ爺は作業用の帽子を取り、洋平に向かって会釈する。

「婿殿、はじめまして、お目にかかれて光栄ですわい」

油が付着したつなぎ、首には手ぬぐい。

典型的な現場の職人さんのいでたちだ。

「ノブ爺はこの回路の調節、保守、点検を行っておる。こばとに欠かせぬ人材だ」

「滅相もない。ワシにもう少し知識と技術があれば、迷彩喪失もなかったはずです」

「己を責める必要はない。あの砲撃を防ぎ切ったのだ。ある程度の機能低下はやむを得ん」

「しかし、その結果、姫様を地上の民の目にさらし、ご苦労を……」

迷彩喪失とは九年前の空中要塞出現のこと。

地上の民にとっては出現でも空中要塞からすれば、姿を隠していた迷彩が解除されてしまった事件なのだ。そして迷彩の名残でいまだに上空からこばとを撮影するとぼやける。

そのこと自体は所沢《ところざわ》市民であれば小学五年生の社会で習うことなのだが……。

「どうして迷彩が失われたんですか？」

洋平は思い切って尋ねてみる。

空中要塞関係は起こった出来事としては習うが、あくまで概略だけ。突っ込んだ話はまったく教えてもらえないのだ。

「砲撃に対抗して防御壁を展開するには大きな出力が必要なんですわ」

「なるほど……たしかロシアの空中要塞と撃ち合ったんですよね」

「はあ、なんとか直撃は防いだのですが。簡単に言うと魔空石がオーバーヒートしましてな。それが九年前のことですわ」

「いまも回路の出力は徐々に弱っておる。こばとの最大の問題である」

いつも強気な夢素香に珍しくどこか不安げな口調。

「徐々に出力が弱ってるって、このまま進行すると……？」

「いずれは落ちますすなあ」

ノブ爺があごひげをさすりながら言う。

「落ちるんじゃん！　完全に噂《うわさ》通りじゃん！」

「完全にではない。いずれはという話。すぐには落ちぬ。それにメダカもちょっとしか死んでおらぬっ！」

　ムキになって反論する夢素香《むすか》。

「そもそも落ちるってだけで大問題じゃん。っていうかメダカやっぱり死んでるのかよ！」

「メダカは誤差の範囲であるし、すぐにという話ではない。ずっとずっと先の話だ。それに本当にいざ落ちるとなったら見事、狭山湖《さやまこ》のど真ん中に落ちて見せる。迷惑はかけぬ」

「とはいえだよ……」

　なおも反論しようとする洋平《ようへい》の言葉を夢素香が遮る。

「だからこそである！　だからこそ洋平殿との婚約を急いだのだ。現在は様々な困難があることばとであるが、私と洋平殿が力を合わせ立ち向かえば必ず乗り越えられる。そしてあの子らに希望にあふれることばとを引き継ぐのだ」

　夢素香は洋平の手を握り、熱いまなざしを向ける。

　いつの間にかゆだねられた空中要塞の未来。

　洋平にとっては荷が重い以外のなにものでもないが……。

「そもそもなんだけど、空中要塞ってどうやって浮いてるの？」

　洋平の問いに難しい顔をする夢素香。

「それはクラウド・ナインと呼ばれるジ、えーと、えーと」

「ジオティック構造。魔空波の屈折を利用したジオティック構造ですな」

「ふむ。……つまりはそういうことである」

夢素香はことさら難しそうに眉を寄せると、うんうんと大げさに頷《うなず》いてみせる。

「絶対わかってないでしょ」

「意地悪を言うではない！」

夢素香は口を尖《とが》らせながら、洋平の肩をペシペシと叩《たた》く。

「だって、無理して詳しそうな顔してるだけなの丸出しだし！」

「だからそれを言うのではない！　王は詳しくはわかる必要はないのだ。全体を把握していればいいんだもん。ああ、今日も浮いてるな。なんとか構造だなって」

洋平を睨《にら》みつけながら、子供のように頬《ほお》を膨らませてみせる夢素香。

「雑過ぎでしょ！」

「詳しくはノブ爺《じい》が答えるからいいのだ！　さあノブ爺、教えてあげたまえっ。私の婚約者にいろいろ教えてあげたまえ！」

夢素香からの雑な指令に苦笑するノブ爺。

「この分厚い容器の中には巨大な魔空石が入っとります。魔空石からはこばとを支えるエネルギーである魔空波が出とるんです。その魔空波が重力を遮って浮いとるんですが、長い時間が経《た》ったのと、先の戦争もありまして魔空波の勢いが落ちてましてな」

ノブ爺《じい》はそこまで話すと「やれやれ」とつぶやいて、小さくため息を吐《つ》く。

どうやら夢素香《むすか》の雑な認識をよそにそれなりに深刻な事態が起こっているらしい。

「その魔空波を回復させる方法はないいんですか？」

「魔空石が魔空波を出すには空中から大量の酸素を取り入れ、魔空素を燃焼させる必要があるんですわ。炉の中の魔空素が不足しておるんですな」

炉の中の魔空素が……。

「魔空素はどうすれば補給できるんですか？」

「魔空素を作るには大きく分けて三つの原料が必要ですな。まずは大量の石灰、それから高純度のコバルト、そして魔空芯ですな」

「なるほど。その魔空芯はどうやって」

「魔空芯は高純度のテラヘルツ鉱石と精製された魔空液、それにみりん風調味料ですな」

「みりん風でいいんですね……。つまり出力回復には魔空液が必要ってことですね」

「魔空液自体は魔空塵《じん》さえあれば、電気分解で作れるんですがな……」

「魔空塵不足ということですね」

「そうなんですわ。魔空塵を集める魔空網さえあれば……、魔空網は」

「魔空魔空うるさい！　いい加減にしたまえっ！」

──ペシンッ！

話の途中で乾いた音が鳴り響く。

しびれを切らした夢素香がノブ爺の頭をひっぱたいたのだ！

「おい。こばとに欠かせぬ人材の頭を！」

「欠かせぬ人材でも、これはひっぱたくであろう！　魔空、魔空、何回言うのだ！」

「それで結論としてはなにが必要なの？」

「それが分かれば苦労しないっ！」

夢素香は忌々しげに言う。

「そうですな。破損のある魔空網も重機があれば、まだ少しは使えるかもしれませんわな。そうすれば魔空塵を集めて、それさえあれば、ワシが魔空すりこぎと魔空土鍋で……」

「だから魔空、魔空うるさい！」

またしても躊躇《ちゅうちょ》なくノブ爺のおでこを痛打！

「だからやめなって、お爺《じい》さんのおでこを気軽に張るんじゃない！」

「うむ。つい……、幼いころの習慣で……」

「どんな習慣だよ……」

しかしいまは夢素香の習慣などどうでもいい。

そもそも空中要塞の技術的な問題はまったく理解できない。

もしあの子たちのために自分ができることがあるとしたら……。

それは空中要塞のイメージをアップさせること。そしてグッズを売って現金収入を増加させること。

そのためにスマホを構え、写真を撮りまくる。

結局、魔空なんとかの理屈はまったくわからないが、巨大な機関はそれだけで迫力十分。地上の人間の関心を集めるには十分なインパクトがある。

写真を撮りまくる洋平《ようへい》。

複雑で巨大な装置も絵になるが、ノブ爺《じい》がまたいい。

油にまみれながら機器を扱う老練の職人。

撮影すると実に渋くて格好いいのだ。

何度もシャッターを切る洋平。

「あの、婿殿、なにをなされておるんじゃ?」

その様子にノブ爺も疑問を持ったようだ。

「あの、空中要塞のイメージをですね……」

洋平はノブ爺にスマホですでに撮った写真を見せながら、イメージアップに役立てるために機関部の写真を撮っていることを説明する。

「なるほどのー、これで、こんなにはっきりとした、綺麗《きれい》な写真が。ほほう、これは、興味深い」

さすが技術者とあって、かなりの高齢のように見えるがスマホに興味津々。

軽く使い方を説明するとすぐに理解する。

これなら、らくらくホンを必要としないだろう。

「婿殿、これは素晴らしい装置ですな。実にいい。ですが婿殿……撮影、NGなんですわ」

「えっ⁉」

「さすがにここはこばとの心臓部です。地上の民に見せれんのですわ。それにすまんことですが……ワシも写真はなしにしとるんですわ」

「まさかの顔出しNG！」

ノブ爺さんが写真NGとは！　洋平にとっては完全に想定外。お爺《じい》さんだから完全に油断していた。

「空中の民にもこんないいものではありませんが、古い写真機がありましてな。若いころ何回か撮ってもらったことがあるんじゃが、どうもあごのラインが気に入りませんでな。それ以来、写真はダメなんですわ」

乙女。ノブ爺、発想が乙女である。

最悪ノブ爺が顔出しNGでも、この装置の画像を……。

「この機械はどこまで映ったらダメですか？」

洋平《ようへい》はこれまで撮った画像の中から機密情報的に問題のある画像を選んでもらう。

「そうですなあ。これはダメですな……、これも……」

洋平は一枚、一枚、スワイプして画像を見せる。

ほぼすべての画像に首を振るノブ爺《じい》。

まるでノブ爺の首をスワイプしているかのような気になる。

「残念だのう。高速空力反転回路に関してはノブ爺が首を縦に振らぬ限りは無理である。機密は守らねば。すまんが、そのスマホを爆破してもらえるか？」

「なんで爆破！　削除でいいでしょ！」

「削除できるのであるか。便利であるな」

結局は機関部で撮った写真は全滅。

一度完全に削除して、ノブ爺が完全に監視している状態でもう一度撮り直す。

「これならＯＫですな。すみませんのう婿殿」

ノブ爺はひげをさすりながら満足げ。

しかしそこに映っているのはただのパイプのアップ。

普通の鉄製のパイプがでかでかと映っているだけ。

洋平にとっては納得の一枚には程遠い状態なのだが……。

「映《ば》えるよりも、軍事機密。それが空中要塞の掟《おきて》である」

つい先日まで映えるの意味すらわからなかった夢素香《むすか》に言われると納得がいかない部分もあるが……。

洋平は王族とはいえ、空中要塞歴でいうと新入り。ここは従うしかないのだった。

◆

翌日。学校。

そして昼休み。

洋平のスマホを達真《たつま》が覗《のぞ》き込《こ》んでいる。

「……なんていうか、嘘《うそ》みたいに地味だな。やはり超インドア派の洋平には映える画像は向いてないんじゃないか？」

達真は洋平がアップしたばかりの画像を見て、小さくため息を吐《つ》く。達真の眼鏡もどこかくすんでいる。

「いや、本当はこれも機密ギリギリのすごい画像なんだけどな」

洋平はこれが空中要塞の機関部高速空力反転回路付近の画像であり、本当にギリギリの交渉の末撮影した画像であることを説明する。

「口で言われてもね……。実際に映ってる写真がね。ただのパイプのアップじゃないか。

マニアック過ぎ！」

「いや、よく見ろって、このパイプのつなぎも空晶違い組みっていうつなぎ方らしくて、現代の配管技術でもできない超古代技術らしいぞ」

「よく見てもわからないよ！　パイプとパイプが隙間がなく繋《つな》がってたとして、だからなんだ？　超古代技術ならなんでもいいわけじゃないと思うぞ。パイプのつなぎ方が超古代技術だとして、どうしろと？」

「ただ気持ちのままに〝いいね〟を押してくれれば」

「全然そんな気にならん。パイプじゃ無理！　ただの管にしか見えない」

「だってしょうがないだろ。ったくこの先は本当にすごかったのに」

「洋平《ようへい》、その先を撮ってこないと！　パイプオンリーで〝いいね〟がもらえるほど、世界はパイプを愛してない。画素の無駄だ！　パイプに何万画素も使って」

達真《たつま》は眼鏡をクイッと上げながら言う。

「まあな……それは重々承知なんだけどさ」

実際のところ〝いいね〟もほとんどついていない。

本当はこのパイプのアップよりもはるかにフォトジェニックな写真の数々があったにもかかわらず。

洋平にとってもそれは重々承知。

「くそ、機密さえなければ……」

動力源である高速空力反転回路に撮影ＮＧが出たのちも、洋平はそれ以外の撮影も試みた。壁と床がモニタとなるこばとの管制室。

はじめて洋平が招かれた迎賓の間。

ほかにも空中要塞が水を補給するために雲の中で展開する帆船の帆のような設備、斜向式迎雲帆など珍しい物はたくさんあったのだ。

しかし珍しい物に限って機密のため撮影ＮＧ。

「達真、わかってくれ。俺が写真のセンスが鬼ほどないわけじゃないんだ。しきたりが、空中のしきたりが俺を映《ば》えさせないだけなんだ！」

「そうか……だが言い訳してもパイプはパイプだしね。まだパイプに〝いいね〟が殺到するほど人類は進化していないね」

「俺だってな……本当はパイプのアップ以外もいっぱい撮ったし！　でも、でも、ＮＧが！　撮影ＮＧの爺《じい》さんがっ！」

机に突っ伏す洋平。

その姿を見て、達真の眼鏡レンズが悲しげに輝く。

「まあ、仕方がない。なんでも最初から上手《うま》くいったら面白くないしね。それにしても先は長そうだね」

達真《たつま》はそう言うと慰めるかのように肩をポンポンと叩《たた》き、自分の席へと戻っていった。

◆

放課後。すでに人影がなくなった教室で洋平《ようへい》は黙々とスマホを操作していた。

昼休みにアップしたパイプの画像にはほぼリアクションはない。

しかしこんなことで諦めるわけにはいかない。

なにせ洋平は空中要塞の王族であり、当主の婚約者。そして特別補佐官でもある。

子供たちの豊かな食生活がかかっているのだ。

洋平は不屈の精神で画像をさらに投稿する。

空中要塞から見た夕日。

こばとの前方、はるか下で赤く染まる高層マンション、スカイライズタワー。

続いて、ビワの木。古びた石のアーチを囲むように葉を広げるビワの枝。そこに淡いオレンジ色の実がたわわに実っている。

そして、水を補給するために雲の中に突入し、帆を広げるこばと。

公開可能な範囲で塔の内部も撮影した。

たとえば前方左側の塔、乾櫓《いぬいやぐら》の内部は水耕栽培を行うプラントになっている。

魔空石から発せられる光を利用し、レタス、ホウレン草、小松菜、もやし等を育てている。塔の中心の魔空石に向かって綺麗《きれい》にならぶ水耕栽培の棚。

青い光に向かってすくすくと伸びる野菜たち。

このあたりはむしろ未来的な印象だ。

おかげでゆっくりとではあるが反応が返ってくるようになった。

フォロワーも順調に増加中。

これも空中要塞に暮らす子供たちと、夢素香《むすか》のため。

あとはこの興味をグッズの購入へと向けられれば……。

BASEに作ったこばとグッズのネットショップ。

アクセスは増加しているが、まだまだ売り上げは物足りない。いずれの商品もせいぜい一日一個か二個。

それでもグッズのダサさを鑑みれば驚異的な成績だと洋平は自己評価しているのだが。

「もっと角度を変えて撮影してみるか……」

洋平の机にはキーホルダーと提灯《ちょうちん》、ペナントが並べられている。

サンプルのグッズをいろんな角度で眺めてみる洋平。

どうにかしてキーホルダーが格好良く見える角度はないか？

提灯が可愛《かわい》く見える角度はないか？

ペナントがオシャレに見える角度は……？

「無茶《むちゃ》だな……」

頭を抱えた洋平《ようへい》はそのままの姿勢で目を閉じ瞑想《めいそう》に入る。

なにか起死回生のアイディアは降りてこないか、一心不乱に考える洋平。

その思考を断ち切ったのは……。

後頭部に突き刺さる熱い視線。

振り返ると廊下の窓からちらちら見える女子の姿。

空中要塞ファンのひなただ。

「ああ、久しぶり、えーと」

洋平が声をかけようとするとすぐに姿を消してしまう。

「それ、いいから！　キリがないから遠くから見てるくらいなら、普通に来てよ。大丈夫だから」

何度か呼ぶとようやく姿を現してくれる。

「あれっ、これって、こばとのペナントじゃないですかっ！」

さっきまでおどおどしていたのに急速にテンションを上げるひなた。

さすが唯一無二の空中要塞ファン。

「そ、そうなんだよ。これがやっかいでさ……」

洋平の困り顔など一切気にせず、急激にテンションを上げ、満面の笑みで机の上の空中要塞提灯《ちょうちん》を手に取る。

「わー、懐かしいっ！　これいいですよねー。あたしこれ持ってますよぉ！」

「持ってるのか……」

「これも、これも持ってますぅ、あとトロフィーも！」

「トロフィーも！　よく買ったな！　センス、完全にイかれてるのな」

トロフィーに関してはさすがに売れないだろうと判断し、サンプルをもらってくることすらしなかった。まさか所有者が学校内にいるとは……。

「小六の時の誕生日に買ってもらったんです。いまでも飾ってますよぉー！」

「誕生日にトロフィーねだるってわけわかんない少女だな」

「えっ、もしかして、もしかして、サイン入りにしてくれるんですかっ！」

「いや、その発想はなかったけど」

「じゃあ、じゃあじゃあ、せっかくなんで、せっかくなんでぇ、この提灯にサインくださいっ、買いますので！」

「……もう持ってるんだろ」

「サインあるなら何個でも買いますよぉっ！」

洋平を見つめて目をキラキラと輝かせている。

どうやら本気で言っているらしい。

サインをすれば売れるのであればこんな簡単な話はないが、それで買ってくれるのはおそらくひなたただひとりだろう。

「お願いします、サインしてくださいよぉ。お願いですっ！　せっかくなんで！」

自分の筆箱からペンを取り出すひなた。

洋平《ようへい》の右手を取って無理やりペンを握らせる。

「サインなんかしたことないぞ……」

その強引さと熱烈な視線に負けて、洋平はこばとの提灯《ちょうちん》に自分の名を書き記す。

「わーっ、家宝にしますっ！　一生大事にしますから。おいくらですかぁ！」

「いいよ。やるよ」

これほどまでにキラキラとした目で見つめられては、料金など取れない。

「ええっ、いいんですかっ！　嬉《うれ》しいなっ！　最高だなぁ！」

提灯を高々と頭上に掲げてぴょんぴょんと飛び跳ねるひなた。

「さすが空中の王族です。太っ腹で優しいっ！　抱かれたいっ！　完全に抱かれたいですっ！　はぁ～♪　浮いた、浮いたよ、空中要塞～♪」

ひなたが喜びのあまり口ずさんでいるのは『空中要塞音頭』だ。

洋平も幼いころに地域の盆踊りで流れていたのを聞いたことがある。

「そんなの、よく覚えてるな……」

おそらく空中要塞音頭は子供たちに不評だったのだろう。

洋平の記憶によると、三シーズンほどで盆踊りでも流れなくなってしまったはずだ。

「余裕ですよ。いまでもフルコーラス歌えます」

みんなで踊ろう♪　空中要塞音頭
～盆踊りなどでお友達といっしょに踊ってみてね！～

はあ～♪
浮いた、浮いたよ、空中要塞。（胸の前で二度、手を叩《たた》く）
めでた、めでたや、浮遊城。（空を眺めるように右手をかざす）
秩父《ちちぶ》に映《は》えるその威容。（右手をかざしたままくるりと回る）
守護者、守護者よ。武蔵野《むさしの》の。（守る気持ちで両手を頭上でクロス）
一撃必殺、入間《いるま》の怒り。（憤怒《ふんぬ》の表情で腕を叩きつけるように振り下ろす）
気持ちの上ではほぼ都民。（さいたま市より新宿の方が近いことを熱弁）
（間奏　二分三十秒）

はあ～♪
安全、安心、空中要塞。（胸の前で二度、手を叩《たた》く）
さらわ、さらわぬ子供など。（かるく屈《かが》んで子供目線に）
柳瀬川《やなせがわ》より穏やかかな。（子供の頭を撫《な》でるように手を伸ばす）
守護者、守護者よ。武蔵野《むさしの》の。（子供を抱えあげるかのように両手を掲げる）
ガキなど要らぬ。肉よこせ。（憤怒《ふんぬ》の表情で腕を叩きつけるように振り下ろす）
たんぱく源こそ貴重なり。（ナイフを舐《な》めるかのように怪しく舌なめずりする）

（間奏　二分三十秒）

はあ～♪
浮いた、浮いたよ、空中要塞。（胸の前で二度、手を叩く）
かわい、かわいや、城の主《あるじ》。（自分の身体《からだ》を抱いて、ウインク）
レオとライナと互角のキューティ。（全力でバク転を繰り返す）
守護者、守護者よ、武蔵野の。（メガホンを両手に持ち頭上に掲げる）
鍛え抜かれた若き獅子《しし》達。（憤怒の表情で腕を叩きつけるように振り下ろす）

オー、オー、オー、ライオンズ。（全力で西武《せいぶ》ライオンズを応援する）

ひなたはしっかりとフルコーラスを踊り付きで歌いきってくれた。

額にかすかに浮かぶ汗。

そして満足げな表情。

完全にやり切った感が出まくっている。

「いや……すごいな。間違いなくナンバーワンのファンだ」

「えー、そうですかぁ？」

ひなたは小首を傾《かし》げているが、おそらくナンバーツーはひなたの影さえ見えないだろう。

ちょっと怖くはあるが、こんな可愛《かわい》い後輩が熱烈なファンであることは悪い気はしない。

そして心強い味方でもあるのだろう……。

「ナンバーワンのファンとして、そして女子のひとりとして尋ねたいのだが、せっかくだから意見をくれないか？　このグッズどうやったら女子に人気が出る？」

洋平《ようへい》には女心がわからない。

変態的趣味の持ち主とはいえ、ひなたは女子。

しかもビジュアル的にはかなり可愛い方で男子だけではなく女子同士の中でも人気があ

ると聞く。

「えー、あたしがアドバイスですかぁ？」

「ひなたならインスタも普段からやってるんだろ。どうにかしてこのやっかいなグッズを売る方法を考えてくれ」

「あたしならですかぁ？　えーと、えーと、そうですね、うふぅ、ぐふふふ……ぐはあ、げへへへへ」

ひなたの目が怪しく輝く。

っていうか、怪しいなんてレベルではない。もうひたすら怖い。

そしてその目は洋平の頭の天辺《てっぺん》からつま先までなめるように見回し……。

「まずはですね。お色気で釣りましょう。洋平さんのセミヌードを撮影してですね。ブロマイドつきにするんですよ。さらにはブロマイドの種類も分けてですね、十個この提灯《ちょうちん》を買ったらコンプリートできるようにして……」

ひなたの視線がじっとりと湿り気を帯びてきた。

完全に性的な目で見ている。

「だからそんなことで買うのはお前だけだ！　真面目に考えろ」

「えー、なんでですかぁ？　真面目ですよぉ。真面目にセミヌードを要求してるんですぅ」

「真面目だとなおさら怖いわ！」

ひなたは味方ではあったが、全然心強くはなかった……。少なくともアドバイスを求めるべき人材ではなかった。

洋平《ようへい》は心から後悔したのだが……。

──いや、いけるか？

洋平の脳裏に閃《ひらめ》くひとつのアイディア。

これもまた邪道ではあるが……。

◆

「これさ、トロフィーの在庫ってどれくらいあるの？」

こばとの倉庫、正式には第四格納倉庫というらしい。

第四格納庫の棚を洋平は見上げていた。

「ざっと見積もって二百年分はある」

続いてこだまする夢素香《むすか》の声。

「どういう計算だよ……。個で言ってくれないとわかんないから」

「個で言うなら、三百個はある。一年に平均一・五個売れるから二百年分である」

「なにを威張ってるんだよ！」

「威張ってはいないが、事実である」

夢素香の小さな身体《からだ》を超えて積みあがる段ボールの山。

この中身はすべてあのダサいグッズだと考えると頭が痛いが……。

同時にチャレンジしがいがある。

「もしさ、俺がこれ全部売り切ったらどうする？」

「二百年後はふたりとも生きておるまい」

「いやそんな先の話じゃなく、何日かで。今月中とかそんな感じ？」

「ははは。バカなことを」

「死ぬほど自分のところのグッズを信じてないな……。いや、いいけど、万が一、そうなったら？」

「それはなんでも願い事を聞こうではないか！」

夢素香はそう言うと堂々と胸を張る。

なぜそんなに自信が……。

そう言いたくなるが、それほどまでにこれまでは売れなかったのだ。

「本当になんでも？」

洋平の問いに急に顔を真っ赤にする夢素香。

なんでも、その言葉のニュアンスでいろいろと想像したようだ。

モジモジと身体《からだ》をくねらせながら答える夢素香《むすか》。

「もちろん……そもそも洋平《ようへい》殿であれば基本的にほぼなんでもしていいのであるが、それはもう……なんでも。いろいろと揉《も》むがいい」

さらに顔を赤らめる夢素香。

やはり、そっち方面のなんでもになってくるか……。

洋平が言ったなんでもとは、そんなことではなく地上の民の立ち入りについて。

しかし、そっち方面でなんでもとなると、揉むくらいでは……。

揉むくらいではっ！

そう思うが、いまはそんな話をしている場合ではない。

「じゃあ、約束ね。トロフィー二百年分売り切ったら一個お願いをなんでも聞くって」

「うむ。よかろう。ただ揉むのであれば、そのタイミングさえ………。いや、なんでもない」

「なんの話？」

「なんでもないっ！　なにやらいい案があるようだな。大いに期待しているぞ」

顔を真っ赤にしたまま夢素香はそう宣言したのだった。

◆

空中要塞、三ノ郭《さんのかく》。

空中要塞のほぼ中央に立つ心宮塔《こころのみや》。その周囲に段々畑のように階段状に設けられた区画、それは郭と呼ばれており、三ノ郭はその中でも風景が美しいとされている。とくに郭の壁面を覆うツタが美しく、この初夏の季節にはひときわ緑が鮮やかになるという。

つまりは空中要塞で最も風景的にいい感じのスポット。

それが三ノ郭なのだ。

黒みがかった壁を伝う濃い緑色のツタ。

これだけでも雰囲気たっぷりだが、さらには廃棄されたロボットの残骸がノスタルジックな雰囲気を演出している。

上半身だけが壁にもたれかかるように倒れている錆《さび》の浮いたロボット。随分と昔からあるようで壁と同様にツタで覆われている。

そんないかにも映《ば》えそうなスポットで……。

「よーし、じゃあ、ここに座ってみようか。女の子座りで、それでこっちに目線くれる？」

洋平はスマホを構え、あかねに視線を要求していた。

ひなたに提案された自分のブロマイド作戦、それをきっぱりと拒否した洋平であったが、そこからひとつの天啓を得たのだった。

それはお色気で釣ること。

洋平《ようへい》には女心は分からない。しかし男心は分かる。

そして男心とは——。

非常にお色気に弱いもの。

しかもおっぱい大き目とあればなおさらである。

「こ、こうでしょうか……?」

あかねはいつものメイド服よりもさらに露出度の高いメイド風の衣装。

その着こなしもいつもと違う。

チューブトップ型の胸元をぐっと引き下げ、露出度を上げている。

「そう、もっとうるんだような目で。口をちょっと開けて」

「は、はい……」

「そう。いいね。それでさりげなくキーホルダーを顔の横に」

もちろんこれは空中要塞グッズの宣伝。

あくまでグッズの画像を撮っているのだが、たまたまエッチなメイドさん風の女の子が映っている。そんな作戦である。

もはや女子の人気は捨てた。狙うはあくまで男性。

映《ば》えるなど所詮は女子供の概念。

やはり男なら実用性。シコリティである！

露骨なお色気で惹《ひ》きつけて、もし何か買ったらワンチャンあるのでは？　そんな誤解を生じさせて、なんの大会のものでもないトロフィーを売りつける。

これしか手はない。

「いいよ。今度はキスするかのような表情をもらえるかな」

「キ、キスですか……」

顔を真っ赤にするあかね。

質素で素朴、そして清純な暮らしを旨とする空中の民。ちょっと要求のハードルが高かったろうか……。

「恥ずかしがらないで、これも子供たちのためだよ。もっと胸を突き出して挑発的に。まるで雌豹《めひょう》がキスを迫るかのように……」

胸元から口元、その接写をするべく、洋平はあかねに接近する。

その距離は数十センチ。

ほとんどスマホを通して、胸を覗《のぞ》き込《こ》んでいるかのようだ。

しかし、これも子供たちの……。

「なにをしておる！」

突如洋平の首に衝撃が走り、一気に顔が後方に持っていかれる。

夢素香《むすか》が襟首をつかんで引っ張ったのだ。

「やあ……」

「ここでグッズの写真を撮ると聞いておったのだが……。どうして雌豹《めひょう》がキスを迫る必要があるのだ」

夢素香はあかねと洋平《ようへい》の間に割って入り、仁王立ちのポーズ。

どうやら非常にご立腹のようだ。

「SNSを理解していない人には説明がすごく難しいんだけど、たとえばツイッターであれば〝リツイート〟と〝いいね〟というものがあるんだ。これらをエンゲージメントって言うんだけどエンゲージメントを多く獲得することがいわゆるバズるって現象になる。それらが増えれば増えるほどインプレッションが増える。だからエンゲージメント率を高くするためにも普通の画像じゃなくて……」

「要するにお色気で釣っているのであろう！　それくらいSNSを理解せずともわかる！　太古の昔からある手口ではないか！」

夢素香は美しい眉を吊《つ》り上《あ》げ、洋平を睨《にら》みつけている。

「うん、まあ、そうだけども。背に腹は代えられないって言うかさ」

「その姑息《こそく》な手段に怒っているのではない。なぜなのだ！　なぜ私ではなくあかねなのだ！　私のお色気はどうなっている！」

「そっちかよ！」

「洋平殿、私もまたお色気むんむんである！　ほとばしるお色気を感じたまえっ！　古代ラーマーヤナではインドラの矢とも表現されたこのお色気を」

なんとモデルが自分じゃないことに立腹している様子。

もちろん夢素香も非常に可愛《かわい》らしく、端正かつ可憐《かれん》。地上の民であれば清純派のアイドルとしてデビューすることも可能なように思える。

しかし洋平にとって今回の被写体としては決定的に不足している点が……。

それが胸のサイズ。

夢素香は残念ながら大変スレンダー。

ぶっちゃけ、おっぱいで釣ろうとしているこの状況においては不適格なのだ。

「というわけなんだ。これがソーシャルネットワークシステムの現実。高度にネットが発達した現代社会のジレンマなんだ」

「ただおっぱいの大きい女がモテるってだけではないか！　複雑でもなんでもない！　おのれっ！　バカにしおって……洋平殿は私を撮るべきだ、そのスマホで。私にそれを向け、私にお色気を感じるべきなのだっ！」

夢素香は両手で洋平の腕にしがみつくと強引に自分の方向へとスマホを向ける。

スマホのモニタに映るのはふくれっ面の夢素香。

ちょっと涙目になっている。

「姫様、洋平《ようへい》様は決して姫様に魅力を感じていないわけではないと思うのです。おそらく遠慮されたのです。姫様はここの主《あるじ》。主がこのような宣伝の前面に出ては威厳が失われるのではと……」

すかさずフォローに入ってくれるあかね。

さすが専属の従者、見事な言い訳だ。

「そ、そうであるか？」

「もちろんそうだよ」

洋平は首の可動域全部を使って大きくうなずく。

「なるほど。それもそうであるな……洋平殿、もう一度確認する。これは主である私の権威を守るためであるな？　決して私よりあかねに魅力を感じているためではないな」

「もちろん。夢素香《むすか》は可愛《かわい》いよ。むしろ、もったいなくて画像を他人に見せたくないくらいだ」

そう言うと、再び全力で頷《うなず》く洋平。

その言葉を受け、にっこりと微笑《ほほえ》む夢素香。

ご機嫌が完全回復である。

「うむっ、ならばよし！　洋平殿、存分に写真を撮影するがいい。あかね、おっぱいを放り出せいっ！」

「姫様っ！　なにを言ってるのです」

「お色気で釣るのだ、狙うは大魚、半端は必要ない。全裸になれい！」

「無茶《むちゃ》を言わないでください！」

「洋平殿、私も撮りたい。使い方を教えたまえ」

夢素香は洋平の手からスマホを奪い取ると、自らあかねに向かって構え、シャッターチャンスをうかがう。

「さあ、恥ずかしがる必要はない。全裸でこの意味不明のペナントを掲げるがいい！」

もはや自分で意味不明の、と言ってしまっている夢素香。

「恥ずかしがる必要はあります。嫌です！」

何度も首を横に振って拒否するあかね。

「そもそもBANされるから！」

洋平はSNSにおける投稿の規定について、ルールを破った投稿を繰り返すと運営会社からアカウントの取り消しをされてしまうことなどを説明したのだが……。

「ややこしいのう。ならばあかね、とりあえず片乳を出したまえ。洋平殿、どこを押せばいいのだ？」

「片方でもだめだから！」

「なにっ！　ＳＮＳとはなんと窮屈な世界なのだ！　なにもできんではないか。まあいい、なんでもいいから乳を放り出せ」

「絶対嫌ですっ！」

断固拒否するあかねに向かって、スマホを構え続ける夢素香《むすか》。

適当に画面をタップし、乱雑にシャッターを切りまくる。

なぜか洋平《ようへい》よりもはるかに過激なカットを要求する夢素香なのであった。

◆

──売れた。

空中要塞グッズが売れた。

大量に抱えていた在庫がすべてゼロになるまで売れた。

使用意図が不明なうえ、圧倒的なデザイン性の悪さを誇り、時代にそぐわず、さらにはコストパフォーマンスまで悪い。

悪い点を挙げればキリがない空中要塞グッズ。

それを売ってのけたのは、あかねの写真付きの宣伝であった。

――かわえええ！

――空中要塞の人っておっぱいデカいんですね？

――ペナント五枚でひと揉《も》みという計算で合ってますか？

――このおっぱいを揉めるなら俺も浮く！


大量の〝いいね〟とともに非常に露骨なリプライが届く。

そしてその後は案の定、雑なコラ合戦。

手に持っていたグッズを別なものにコラージュされ。

最終的には首から下を切り取られヌード化。

もはや宿命とさえいえる。

その数に比例して伸びるネットショップの売り上げ。

売れている。ペナントが、提灯《ちょうちん》が、キーホルダーが。そしてトロフィーが。

「ほほう、これが売れた数であるか……」

空中要塞の最後尾の端っこ。唯一の電波が入る特別なスポット。

夢素香《むすか》と洋平《ようへい》はそのシロツメクサの草原に並んで寝転び、BASEの売り上げを確認していた。

「まさかこんなに売れるとは思わなかったよ」

かすかに聞こえる羊の鳴き声もどことなく楽しげに聞こえる。

「さすが洋平殿である。こんなトロフィーなど買ってなにに使うのやら」

「自分で作っておいてよくそんなことを言うな」

しかし夢素香は洋平のツッコミなど聞いていない。

ゴロゴロと転がって、洋平の背中の上にのしかかる。

背中越しに頬《ほお》をぴたりと合わせ、スマホを覗《のぞ》きこむ。

「それでいくらになったのだ？　教えたまえっ！」

「えーと、トロフィー一個当たりの純利が千円とちょっと。提灯も八百円……。すげえボッタくってるな……。ボッタクリの結果……利益が八十五万か……。はぁ？　八十五万！」

洋平はその数字に驚き背中の夢素香を振り落としそうになる。

「洋平殿、それは多いのか？　なにが買えるのだ？　ドリームキャストは買えるかね？」

「余裕で買えるだろうけど！　古いな。もうソフトでてないぞ」

やはり空中の民。

地上のゲーム機器情報には遅れがある様子。

しかし、そんなことが気にならないほど上機嫌なようで……。

「そうか。儲《もう》かってなによりである！　さすが洋平殿！　我が婿殿である」

背中の上に乗ったままギュッと腕を回し、強く抱きしめてくる夢素香。

華奢《きやしや》な身体《からだ》はそうされてもさほど重く感じないが、それでも首に手を回されると少々苦しさを感じる。

「ちょっとわかったから、首は危ないよ」

「恥ずかしがらずとも、親愛の情を受け止めるがいい。それにここなら誰も見ておらぬぞ。羊しかおらん。さあ、存分にイチャイチャさせたまえっ！」

洋平《ようへい》の首にまとわりつきながら無邪気に転がる夢素香《むすか》。

首が絞まるのを避けるために洋平も身体の向きを入れ替える。

その結果、仰向《あおむ》けで向かい合う姿勢に。

寝転がりながら、胸の上で夢素香の身体を受け止める。

「だから……首が」

「そ、そうか。すまぬ……つい」

さすがの夢素香も照れて顔を赤らめている。

洋平のお腹《なか》の上にまたがる夢素香。服の上からでも体温を感じる。

そしてお互いの顔の距離は数十センチほど。

こうして近くで見ると実に端正な顔立ち。肌はすべすべだし薄い唇はピンクでぷるぷるだ。思わずこのまま口をつけてしまいたくなるほどに……。

——まあ婚約者だし許されるか……。

もしここでキスをすると婚礼へと一気に進み。結婚してしまえば、地上ではなくここで暮らす約束。それを忘れているわけではないのだが……。

「あれー、姫様とえらいお兄ちゃんだー」

洋平を正気に戻したのは女の子の声だった。

洋平はこの声に聞き覚えがある。たしか名前は柚子《ゆず》だ。

「姫様ー、お兄ちゃーん、なにしてるのー」

ぶんぶん手を振りながら全力で駆け寄ってくる柚子。

手には木製の鞭《むち》のようなものを持っている。どうやら羊を追っている途中のようだ。

「なんでもない。ちょっと転んだだけである」

夢素香は慌てて立ち上がると、ドレスについた草をパッパッと払う。

さすがにこれ以上は子供の教育上良くないとの判断だろう。

「そっかー、落っこちちゃったら、危ないよー」

「この私が落ちるなどありえん。柚子こそ気をつけたまえ」

「うん」

柚子の後方で「めえぇ」と羊の鳴き声が聞こえる。

それに反応し、鳴き声の方へと駆け出す柚子。

この辺りまで来てしまった羊を中央方向へと戻そうとしているらしい。

「偉いね。小さいのに」

「ここではあれくらいの年齢からできることはする。手伝いを通して責任感と親子の愛情も育む。それこそが空中の民の教育なのである」

夢素香《むすか》は「当然である」と付け加えながらも、その姿に目を細める。

そしてそれは空中の民としての自覚はない洋平《ようへい》にとっても、なんだか温かい気持ちになる光景だ。

「そうだ、せっかくだから売上でみんなでバーベキューしようか」

「みんなとは？」

「柚子《ゆず》も康太《こうた》もここの子供たち全員」

売り上げは八十五万。

その金額を全部使えば、どれほどの規模のバーベキューが出来るか見当もつかないが、おそらく百人でも二百人でも余裕で賄えるだろう。

夢素香によるとこばとの人口は三百人弱、子供はおそらく数十人くらいのはず。

「それは豪勢なことであるな、まさに大盤振る舞いである。実にいい。楽しみだ」

夢素香は本当に楽しそうに笑う。

「それが洋平殿の願いなのか？」

そう、在庫をもし売り切ったらなんでも願いを聞くとの約束だった。

しかしいまでは空中要塞の問題の解決のほうが重要になってしまっている。

「いや、これはあくまで提案、っていうかバーベキューしたがってたのはそっちだし。俺はバーベキューを毛嫌いするタイプだ」

「じゃあ、なにを、やはり……」

夢素香はそう言うと目を閉じ、唇を差し出す。

「勝手にご褒美を限定してくれるな。もっと建設的な提案がある」

「と言うと……」

「バーベキューがより楽しくなる提案だ」

「言ってみたまえ」

「子供たちだけじゃなく、招待客を招きたい」

「招待……。さては地上の民であるな」

「そう。俺の友達とその家族を」

「ぬぬぬぬ……」

夢素香は腕組みしたまま天を仰ぐ。

「なんでも聞くっていったろ」

地上の民を招き入れることは夢素香にとってはかなり抵抗感のあること。

それは重々承知の上。

「ぬぬぬぬ……むむむむ」

あと一押し。

「俺の友達に夢素香《むすか》を紹介しないと」

「ぬっ！」

夢素香の目がキラリと輝く。先ほどまでの渋面から打って変わって、そわそわした態度に。急激にもじもじと腰をくねらす夢素香。

「そうであるな。やはり洋平《ようへい》殿の友人には目通りしておかねばな。どうせ婚儀となれば招待せねばならぬだろう。外部だけであれば……屋内の立ち入りを禁ずれば伝統を守ることに……。なにせ洋平殿が私を紹介したいと……日付はそうであるな、来週の日曜はどうであるか空中暦でも友落《ともおち》で縁起がいい」

クルクルと右に左に旋回しながらせわしなく歩き回る夢素香。

「どうかな、招待していいかな？」

「呼びたまえっ！　呼びまくって、可愛《かわい》い婚約者を自慢したまえっ！」

はっきりと自画自賛する夢素香。

こうして例外中の例外。

婚約披露の場として洋平の友人とその家族のみ立ち入りを許可されたのだった。

7

KOBATO

「荒ぶる女子ウケ！　アヒージョ」

夢素香の了承を得た翌日。洋平は市長を訪問していた。

高校生にして根回しと交渉の日々である。

「また君か。正直この前の討論では失望したよ」

市長室、自分のデスクで洋平を出迎えた武市《たけいち》市長は開口一番苦言を呈した。

前回のおふざけっぷりと大混乱を鑑みればそう思うのも無理はない。

洋平も同じ立場であればそう思うだろう。

「あそこは絶対にふざけちゃいけない場所だってことくらいわかるだろう？　会場は全然笑ってなかったんだぞ。そもそも反対派の相手に空中要塞の当主がふざけるって、挑発行為でしかない。わかってるのか？」

結構しっかりめに叱責を受ける洋平。なかなかねちっこく面倒くさい感じ。

少しだけ夏穂《なつほ》の気持ちが理解できた気がする。

「あの、よく言っておきますんで、それで今回はその話ではなく娘さんの同級生としてお話が……」

「……ん？　夏穂《なつほ》の？」

露骨に怪訝《けげん》な顔をする市長。しかし洋平《ようへい》は気にすることなく話を続ける。

「バーベキューをするんですが来ませんか？　というお誘いです」

「ん？　君はどう見てもバーベキューをする感じの青年に見えないが」

「そこはほっといてください！」

「まあいいが、急な話だな。聞くだけ聞こう。いつ、どこで？」

革張りの椅子の中で身を起こし、デスクに肘をつき手を組む市長。

洋平はデスクに向かって一歩前進し、やや声を潜めて市長に告げる。

「今週の日曜、空中要塞こばとで」

「なに？　こばとで……。つまり僕を空中要塞に招待する？」

「ええ、まあ。そういうことに」

「僕になにをさせたいんだ？」

さすがの市長も目を白黒させている。

「いいえ。あくまで友人の家族として招待を。ついでに空中要塞の実際の姿を見てもらって、それ以上に他意はありません」

「前も言ったろう。僕はなにも反対派だけの意見を聞いているわけじゃない。なるべく様々な市民の意見に耳を傾けているつもりだ」

ただその意見の多くが反空中要塞派である。

そう言いたいのだろう。

「もちろんです。ですからあくまでバーベキューの招待です。見晴らしのいい場所でやろうと思うので空中要塞の甲板が一望できるかもしれません」

「ふむ、つまりはバーベキューのついでに滑走路疑惑に白黒つけろと」

「いま空中要塞関連の話題といえば、滑走路疑惑一色ですよ。テレ玉《たま》の『こんにちは県議会です』でもやってましたし」

「一色にしたのは君のような気がするがね。今度『魅力《い》まるごと《ま》　いまド《た》キッ！埼《ま》玉』でも取り上げるらしいし……」

それは洋平も初耳。

街ぶら系の番組なのに……。

とにかくそれほどまでに話題になっているということ。

「どうでしょう？　バーベキューしに来ませんか？　市長が空中要塞訪問となれば、さらに多くの番組で取り上げられるでしょうし。支持率も……」

「ははは、市長はそんなに支持率とか気にしないけどね。なるほど、なるほど。……夏穂もなかなか面白い友人を持ったものだ」

「つきましては、俺の友達のお父さんの友人として反対派のあの女性も……」

「それを僕に頼むということは……。事実上、僕に無実の証明の手伝いをしろと言っているようなものだね」

「結果的には」

「なるほど。つまりは滑走路に関しては自信ありってことか。だとすると、反対派は赤っ恥か……」

「もちろん。バーベキューに来ていただければ、それなりの〝お土産〟を。市にとってもメリットのある話です。もちろん市長にとっても」

洋平《ようへい》はそう言うと市長の耳元に顔を近づけ、こっそりと腹案を打ち明ける。

「本気か？」

「ええ。その代わり空中の民にかけられた疑惑を晴らすお手伝いを」

「いいだろう。友人の父親としてお招きに応じようじゃないか。それにしても君は夏穂《なつほ》と同級生とは思えないね。なんていうか……大人びているというか。言い方は悪いが、時代劇の越後《えちご》屋《や》みたいな」

「いえ、ただのバーベキュー好きの陽キャです」

洋平はそう言うと、自嘲気味に軽く笑みを浮かべるのだった。

所沢《ところざわ》航空記念公園。

かつてあった日本初の飛行場の跡地を利用して作られた公園である。

そしてその真上にはすっぽりと公園を覆うように浮遊する空中要塞こばと。

公園ではヒマワリがそろそろ見ごろを迎えているが、上空のこばとで薄暗い。

ちなみに公園でのバーベキューは禁止である。

「市長、どういうことですか」

公園内芝生広場。

反対派の代表格である中年女性は市長に噛《か》みついていた。

「いや、実はバーベキューパーティーにお招きにあずかってね。ついでに空中要塞の様子を見学させてもらおうと」

「なにかごまかすつもりなんじゃないでしょうね……」

ぎろりと洋平を睨《にら》む中年女性。

「いえ。ただありのままを見てもらうだけです」

「ほ、本気？　もしかして空中要塞に連れて行って拉致監禁するつもりじゃ」

「空中の民はそのようなことはしません」

自分は拉致された身でしれっと言ってのける洋平。

「……ああそう」

「ただしこばとは伝統的に地上の方の立ち入りは禁忌とされていまして、場所はある程度制限させていただきます。全体が見渡せる場所にお連れしますので、そこから滑走路がないことを確認してください。じゃああれで」

洋平《ようへい》の後方には大きな熱気球が準備されている。

所沢《ところざわ》航空記念公園といえば熱気球体験イベント。

それ用の気球を借りてこばとまで浮上しようという腹だ。

市長をお招きするなら多少は優雅にというわけだ。

「さあ、どうぞ」

まずは率先して洋平が熱気球に乗り込む。

「こ、これ大丈夫なの？」

「大丈夫ですよ、俺も子供の頃何度も乗ってましたし。じゃあお願いします」

それに従う反対派女性と市長。

三人を乗せた気球はゆっくりと地上を離れる……。

十五分後。

「な、ない……」

反対派の中年女性はそれだけ言うと絶句してしまった。

「だからあれほどないと言ったではないか」

夢素香《むすか》の姿はいつもにもまして煌《きら》びやかなドレス姿。

薄い紫色を基調として、花柄のシルクのオーガンジー生地を重ねたドレス。

ゴージャスなレースをあしらったミディアム丈のスカート。その裾からのぞく白のストッキング。さらには手にはレースの手袋。

まさにこの要塞の主《あるじ》であることを誇示するかのようないでたち。

……これからバーベキューをするいでたちとしては百パーセント間違いだが。

「そんな……絶対にあると……」

「ありません。空中要塞には滑走路もＴＰＯに合わせた服装もありません。ここから空中要塞の平地が見渡せますから一目瞭然ですよね。これで疑惑は晴れたかと思います」

洋平はそう言いながら、スマホのカメラで反対派の女性と夢素香、そして市長を撮影し続ける。

空中要塞の透明性を高めるため、そんな理由で常時撮影させてもらうことにしたのだ。

切り取られ、拡散した前回の討論の様子。

その動画にこの動画をぶつければ完璧なカウンターになる。

まさにこれ以上ない論破になるはずだ。

「どうだ市長、こばとの地上部は？　美しかろう？」

夢素香は四ノ郭《よんのかく》の石垣ぎりぎりまで進み出て、広がる果樹園を見下ろす。

狭い土地を有効活用し、上手に果樹園と羊の放牧地帯が作られている。さらにはその隙間を縫って野菜の栽培。普通の農業と異なり、少量多品目。多種多様な野菜畑によりモザイクのように色のグラデーションが形成されている。そして舗装されていない農道を歩く農作業用ロボット。どこにでもある田舎の風景のようで、どこにもない景色。

「たしかに美しい」

市長もその光景に目を細めている。

「で、でも滑走路は」

まだブツブツ言っている反対派の女性。

「だからない。見ての通りそのような物を作るスペースはない。この土地で空中の民の食料を賄わねばならんからな」

夢素香《むすか》はくるりと振り、反対派の女性に向かって微笑《ほほえ》みかける。

風を受けドレスのスカートがふわりと広がる。陽《ひ》を受けて明るく輝く亜麻色の髪。

その堂々たる立ち姿はどこか神々しくすらあり……。

もはやその姿だけで反対派を圧倒している。

「では私たちの誤解ということ……」

ついに中年女性もこの現実を受けいれ、がっくりと肩を落とす。

本来なら安心して嬉《うれ》しそうにしてもいいようにも思えるが。

洋平《ようへい》はその姿も軽くカメラに収めつつ、市長へとレンズを向ける。

「じゃあ、市長」

「うん。市長として宣言しよう。ここに滑走路はない」

市長は洋平の撮影するスマートフォンに向かってはっきりと明言する。

「まあ、気にすることはない、誤解は誰にでもあるというもの」

市長の肩をポンと叩《たた》く夢素香。

もはや目上の態度。主《あるじ》としての風格と威厳が過剰に出てしまっている。

これにて滑走路疑惑は完全解決。

空中要塞に対する大きな疑念のひとつが解消された。

「おい、あんまり調子乗りすぎるなよ」

洋平は得意満面の夢素香にささやきかける。

「わかっておる。今回は上手《うま》くいったがこれは局地戦の勝利にすぎぬということであろう」

洋平の狙い通り、あえて滑走路の有無だけに議題を集中させ、しかも紛糾させたうえで、それを否定。そのことで一気に形勢は逆転したわけだが。

問題のすべてが解消されたわけではない。

相変わらず日照権の問題はあるし、メダカにダメージもあるらしい。

そしてこばとがあるがゆえに所沢《ところざわ》の地価が下がっていることも事実らしい。

「いずれにせよ、見事だったぞ、洋平殿《ようへいどの》。まさか私のミスを逆手にとって、反対派をやり込めるとはな」

「まあ俺は百の詭弁《きべん》を持つ男だから。口の上手《うま》さではそう簡単には負けないって」

「ふふふ。相変わらず変な自慢だが、今回は助けられた。さすが未来の夫であるっ！」

夢素香《むすか》は洋平の二の腕に抱きつき、ぎゅっと身体《からだ》を押し付ける。

夢素香の小さめの胸でもここまで押し付けられると感触が……。

「あらぬ疑いを晴らすのは気持ちがいいものであるな」

「あらぬこともない疑いもあるんだろ」

「問題はそこであるな。また頑張りたまえ、特別補佐官！」

夢素香はクスクスと笑いながら、じゃれるように洋平の腕にまとわりつくのだった。

◆

空中要塞こばと、心宮《こころのみや》と呼ばれる戦艦の艦橋を想起させる塔。そのふもとに広がる一段低いスペース。心宮から近い順に二ノ郭《にのかく》、三ノ郭《さんのかく》、四ノ郭《よんのかく》と呼ばれ、それぞれが塔を持ち、古い洋館のようなたたずまいとなっている。

その中でもっとも前方に位置し、一番低い位置にある四ノ郭。

そこにはバーベキュー用のかまどが設置されていた。こばと特有の陶器と金属の中間のような石材をコの字型に積み、簡易的に作ったものだ。

疑いを晴らすためのバーベキューだが、やると言ったからにはやるしかない。

「まさに絶景だな、眼鏡が喜んでいるよ」

達真《たつま》がその光景を見て感嘆の声を漏らす。

陽光を受けて煌《きら》めくふたつのレンズ。

「バーベキューなどやりたくもないが、まあやるならここだろ」

洋平にとってはもはや見慣れつつある光景だが、やはりその美しさに目を奪われる。

「本当に絶景としか言いようがない。ここでバーベキューはまさに最高の贅沢《ぜいたく》だな」

「お前も眼鏡のくせにバーベキュー好きとはな」

「天は肉の上に眼鏡を造らず、肉の下に眼鏡を造らずだ」

……全然意味が分からない！

とにかくバーベキューに眼鏡は関係ないってことだろう。

達真は自信満々にそう言うと大量の荷物をできたてのかまどの前に降ろす。

荷物は抱えきれるかぎりの大量の肉と野菜。

参加者はこばとの子供たちとその両親。そして洋平が招いた地上からのゲスト。

幸いにしてスペースは広大。百人規模でも集まることができる。

「私がここの主《あるじ》、夢素香《むすか》である」

「どうも、僕が洋平《ようへい》の親友、眼鏡の主、達真《たつま》です」

握手しようと差し出した夢素香の手に口づけしようとする達真。

「死にたくなければ、そういう行為はやめたまえ！」

全力で手を振り払われてしまった。

初対面の印象が……。

そして洋平が招待した友人は達真だけではない。

空中要塞マニアであるひなたもまた招待客。

しかしひなたは空中要塞に足を踏み入れた瞬間から、ほぼ正気を失っていた。

「ようこそ私がここの主、夢素香……」

「おおお、あああ」

ひなたが走って逃げた！

「洋平殿、どういうことだ？」

握手しようとして差し出した自らの手を見つめながら呆然《ぼうぜん》とする夢素香。

「そもそもこういう人なの。緊張のあまり怖くなって逃げちゃうタイプなの」

「……なんだ、そやつは」

「おーい、ひなた、大丈夫だから、っていうか逃げられないから！　ほら、大丈夫」

洋平に呼ばれて、ちょっと近づいては逃げ、また近づいては逃げすること数回。

ようやく夢素香の握手を受け入れることに成功。

夢素香が差し出した手をひざまずいたまま両手で握り、むせび泣くひなた。

「聞いているか？　主の夢素香だ」

「あああ……おおおおっ……おおおお……げほおおお」

ただただ大粒の涙を流すばかり。

「大丈夫か？」

「おおおあああ……抱いてくださいぃ～！　せっかく、せっかくなんでええええ！」

「洋平殿、こやつは異様に情緒不安定であるが、これはセーフなのか？」

夢素香はその姿を見て露骨に引いている。

「うん。これくらいならセーフ」

「そ、そうであるか」

夢素香は適当に握手をし終え、なおもすがりつこうとするひなたをそっと引きはがす。

あの夢素香を怖がらせるとはたいしたものだ。

そして当然ながら夏穂《なつほ》も……。

と思いきや夏穂は夢素香と目すら合わさない。

「主の夢素香である」

「ああ、そういうのいいんで」

夢素香《むすか》が握手しようと手を差し出しても、そのままプイッと顔を背ける夏穂《なつほ》。

「な、なんと、君はこばとの主《あるじ》の前にいるのだぞ！」

激高する夢素香を気にも留めず、プラプラと歩き出してしまった。

おそらく夢素香はこれまで生きてきて、自分をぞんざいに扱う人間に会ったことがないだろう。はじめての体験に呆然《ぼうぜん》とする夢素香。

「いや、お父さんと一緒にいるのが居心地悪いんだよ……。あとで説明するから」

慌ててフォローに入る洋平《ようへい》。夢素香はその声で我に返って伸ばしたままの腕を戻し、平静を装う。

「洋平殿ははっきりいって友人に恵まれていないな」

「そうじゃないけど……」

とにかくこの三人に市長と反対派の女性も加わり、バーベキューは開催される。

◆

「うわああああい！　うおおおおお！」

バーベキュー大会は柚子《ゆず》の絶叫によって幕を開けた。

網の上に並ぶ、牛肉、ソーセージ、野菜、そしてアヒージョ。

「おいしい、おいしいよ、えらいお兄ちゃん！」

大はしゃぎしながらソーセージを頬張《ほおば》る柚子《ゆず》。

あまりに楽しく、同時に美味《おい》しいため、喜びを表現しようと走り回っては食べ、走り回っては食べを繰り返している。

その度に母親に引き戻されている様がじつに微笑《ほほえ》ましい。

「どんどん食べな。いっぱいあるからね、お肉もアヒージョも」

普段はシンプルな味つけで調理された羊の肉などを食べている空中要塞の子供たち。

その舌にはソーセージが随分と美味しく感じるらしい。

ぐんぐん消費されるお肉とソーセージ。そして野菜もハイペースで。

完成の中、かすかに聞こえる嗚咽《おえつ》の声。

「ぐふうう、うううううっ……」

ひなたはひとり肉ではなく空中粥《くうちゆうがゆ》を食べていた。

「よくそんなの食べるね」

さすがの達真《たつま》ですらあきれている。

「せっかくなんで……。ぐふう……、これが空中の味……」

そんなバーベキューの様子を洋平《ようへい》はすこし離れた場所に据えられた貴賓席から眺めてい

た。

木製の巨大な一枚板を利用して作った長机。

その机に沿って椅子が並ぶ。

臨時に作られた貴賓席ではあるが貴族の食卓を思わせる。

その分、バーベキュー用の網からは少々遠いが、すでに焼けた食材をあかねが定期的に持ってきてくれる。

自分で焼かないとバーベキューの醍醐味《だいごみ》がない気がするが、王族としての威厳を維持するにはこうするしかないらしい。

洋平の傍らには夢素香《むすか》。

「洋平殿……。アヒージョが不人気ではないか！」

夢素香の指摘の通り、アヒージョは子供には一切人気がなかった。

最近のオシャレな丸の内ＯＬあたりはバーベキューでアヒージョをすると聞いたのだが……。どうやら空中要塞の民の口には合わない様子。

「ＯＬは大好きなんだけど……」

「あついいい！　アヒージョ熱いよおおお、もうおおえるなりたくないいいい」

柚子はちょっとアヒージョを試してみたものの、独特のオシャレな風味と熱したオリーブオイルの熱々加減が受け付けなかったようで、すぐにソーセージに戻ってしまった。

「ガルボとは大違いであるな。OLとやらも本当はアヒージョよりソーセージが好きなのではないか？　気取っておるだけで」

「そうかもね……」

「まあ、アヒージョはともかく大成功です。本当にみなさん喜んでおります。ますます姫様に親愛の情が芽生えたことかと」

エプロン姿のあかね。

忙しそうでいつもなら夢素香《むすか》にぴったりとくっついているのに、今日はあっちへ行ったりこっちへ行ったりバタバタしている。主《あるじ》と洋平《ようへい》のために皿に盛った焼けた肉を持ってくると、またバーベキューの会場へと戻っていった。

そして同じくらいかいがいしく働いている女子がひとり。

「意外なのはあの夏穂《なつほ》が子供好きだったたってことだな」

洋平は誰に言うでもなく呟《つぶや》く。

夏穂は火の周りで子供たちがはしゃぎ過ぎないようお世話をしているようで、先ほどからかいがいしく走り回っている。

子供たちもすでに夏穂に懐いたようで、きゃっきゃと甲高い笑い声をあげている。

「別に意外じゃない。ギャルっぽい子は子供好き、これは人類が最も信頼していい定理のひとつだね。あとオタクにも優しい」

洋平の傍らにはいつの間にか達真《たつま》の姿が。

どうやら洋平の呟きを聞いたようだ。

「そうかな……」

「そう、ギャルは意外と子供が好き、ギャルは意外と母性がある。その結果、ギャルに叱られると気持ちがいい。当然の帰結だね」

そう断言すると、眼鏡をクイッと上げる達真。

見事なまでの眼鏡の無駄遣いだ。

そんな話をしながらバーベキューの様子をぼんやりと眺める。

できれば洋平もまたあっちで子供とじゃれたりしたいのだが、残念ながら夢素香と洋平は立場が違うようで……。

先ほどもちょっと夢素香と一緒にバーベキューに混ざろうとしたのだが……。

「婿様ありがとうございます」

「空中要塞万歳！」

毎回、食事を止めてお礼を言われてしまうので、かえって申し訳ない気持ちになる。

姿を見る度に深々と頭を下げる空中の民。

夢素香はそういった態度に慣れた様子で、手を振って返すが、洋平はどうリアクションしていいかわからず、同じく頭を下げ、お辞儀ばっかりしている状態。

「あんまりウロウロしないほうがいいのかな」

「うむ。王族であるからな、軽く姿を見せたら、威厳を持って構えておった方がよかろう」

「そうだね……喜んでくれてるみたいでよかったよ」

「うむ。洋平《ようへい》殿、王族にとってのごちそうはバーベキューではなく、民の笑顔である。見よこの楽しそうな顔を。明らかに民の忠誠心が上昇しておる。これも洋平殿がグッズを見事、売りつけたおかげ、そしてバーベキューを企画立案してくれたおかげである」

臨時の貴賓席から立ち上がり、大きく手を振る夢素香《むすか》。

それを受けて湧き起こる万歳の声。

何度か手を振り返し、くるりと背を向け着席する夢素香。

この席で食事を取っているのは夢素香と今回のもう一組のゲスト。

反対派の女性と市長。つまりは夏穂《なつほ》のお父様だ。

どっかとテーブルの一番端、上座に腰を下ろす夢素香。

「そちらの者たちはどうであるか？　楽しんでおられるか」

夢素香は儀礼的に客である反対派の代表に声をかける。

「まあ……どうも」

「なんというか予想と違って牧歌的というか、平和というか」

さすがに子供たちがはしゃぐバーベキューに参加して、文句を言える人間はいない。

「貴様らもモニタで見るよりはほんの少しだけ憎たらしくないな」

「まあ、なんという……」

「そのあたりはこちらも意外であった。ずっとプラカードを持って叫んでいるから、もっとヒステリックなおばさんだとみなしていた。意外と温和なババアである」

夢素香はフォークでソーセージを突《つつ》きながら平然と言ってのける。

「おい、口の利き方よ……。夢素香は口は悪いけど、いい子なんですよ」

洋平はひたすらフォローするしかない。

一方、残された市長は自分の娘である夏穂と対面していた。

「ああ、夏穂……」

市長はどちらかというと照れくさそう。

どうやら会話すること自体が久しぶりの様子だ。

「パ、親父《おやじ》こそ……なんか久しぶりだな。まさかこんなところで会うなんて」

「こんなところで悪かったな」

「夢素香は口を挟まない！」

「夏穂、なにを勘違いしているかしらないが、僕はなんらかの利権のために活動している訳じゃないんだ」

「嘘《うそ》だ。聞いたよ」

夏穂《なつほ》は自分の信じている話を父親に改めて話して聞かせる。

「嘘《うそ》じゃない。たしかに旧松《まつ》が丘《おか》地区の官民一体の再開発は必要だし、空中要塞はその障害になっているが、それは私利私欲のためじゃない。仮に予算が下りても僕の会社で受けるつもりはない！」

父親の力強い演説に気おされる夏穂。

「え、そっ、そう」

「ああ。決して私利私欲ではない」

「そう……」

「分かってくれると嬉《うれ》しいが……」

「うん……」

「良かったじゃん。お父さんが悪い市長さんでなくて。正々堂々とした人だよ」

洋平《ようへい》は優しく夏穂に笑いかける。

「それにしても改めて話し合うことの大事さを知ったよ。なにせ僕も我が娘から誤解されているのだから。そして娘のことも誤解していたみたいだ」

「なにが？」

「だってあんなに子供たちに優しく……」

「なんだよ。悪いのかよ」

恥ずかしそうに口を尖《とが》らせる夏穂。

「悪くないさ。すばらしい。勝手に僕はちょっとグレたと思って、厳しく言いすぎてしまった。見た目だけで判断してしまったのかもしれない」

市長はそう言うと、小声で「すまない」と付け加える。

「まあ、わかればいいけど」

夏穂もまた小声で照れくさそうに言う。

どうやら仲直りしてくれたようだ。

「というわけで話は終わり。食べましょう！　肉を焼いて、それを食べる。それがバーベキューですから」

洋平はそう言いながら、夏穂と市長を最寄りのかまどへと案内する。

「もちろん、それなら、ぜひこれを」

市長はそう言うとすかさずクーラーボックスをテーブルに上げる。

「パ、親父《おやじ》、それは？」

「ああ、バーベキューに手ぶらもないだろ。目的が別なことは重々承知だけど、一応招待されたんだから、これくらいはね」

市長はクーラーボックスの青いフタを外す。

中から現れたのはジップロックに入った肉塊。

「あっスペアリブじゃん」

「わかるか。子供の頃、よくバーベキューに持っていってたろ」

市長はタレに漬け込まれた分厚い骨付き肉を網の上に載せる。

「わあああ、おいしそう！」

豪快な見た目と食欲を誘う匂いに子供たちの目も釘付《くぎづ》け。

「やはり親父《おやじ》の格好いいところ見せられるのもバーベキューの利点のひとつだから」

そう言うと、市長は夏穂《なつほ》に向かってウインクして見せる。

そのしぐさに「ダサッ」と言いつつも、笑顔を浮かべる夏穂。

さすが親娘《おやこ》、すっかり仲直りが完了している。

「さあ、たくさん漬け込んできましたから、みなさんで」

「焼きたいいいい」

すぐに殺到する子供たち。

「よし、みんなで焼こう。夢素香《むすか》も」

「うむ……」

洋平《ようへい》の誘いとあっては断れないのか、しぶしぶ夢素香も参加。

みんなで網を囲みワイワイと大はしゃぎ。

まさにこれこそがバーベキュー。

そんな和気あいあいとした雰囲気にほだされて、市長が夢素香の元へと歩み寄る。

「夢素香さん。僕は娘のことだけでなく、この空中要塞についても勘違いしているのかもしれない。不気味な見た目に囚《とら》われて、危険性ばかりを見ていた気が。先ほどからそう思うようになりました」

「不気味ではない！　この美しさが分からぬか！」

「……我々は底しか見てませんでしたから」

苦笑する反対派女性。夢素香に慣れてきたようだ。

「まあこの美しさは空中の民だけのもの。今回は特別も特別である」

夢素香のかざす手の先には風になびく草原。

そして笑顔の空中の民の姿。

市長もその光景に目を細める。

そして一度意を決したように深呼吸する市長。

「夢素香さん。僕は決議の提出を一旦ストップさせます」

「ほほう。それは英断であるが、配下に申し開きできるのか？」

夢素香は今日同行してきた反対派の女性に目をやる。

「配下ではなく支持者ですが、正直……支持者の皆さんになんと説明するか……頭が痛い。しかし、この目で見てしまいましたから」

市長はバーベキューを楽しむ子供たちの様子を眺め、照れくさそうに笑う。

「パパ、この子たち追い出したら、本気で絶交だからね」

「おお、久しぶりにパパと呼んでくれたな」

「べ、別にどうでもいいだろ」

顔を真っ赤にする夏穂《なつほ》。その顔はなんとも可愛《かわい》らしく、洋平《ようへい》もまたグレてると思い込んでいたことをこっそり申し訳ないと思ったのだった。

◆

宴もたけなわ。バーベキューはますます盛り上がっている中。

洋平と夢素香《むすか》は会場を離れ、移動していた。

ふたりが向かったのは心宮《こころのみや》に位置する戦闘指揮所。

通常の運用を行う管制室とは異なり、文字通り戦闘時の指揮を執るための指令室。王族のみが立ち入ることができる特別な場所らしい。

非常灯の明かりだけが灯《とも》る戦闘指揮所。床も壁もモニタにはなっておらず、すべすべとした黒い石材が非常灯の明かりを反射して、赤黒く光っている。

そして壁にはいくつもの機器。洋平には昔の車のスピードメーターのように見える。

「起動せよ！」

　魔空石を頭上にかざす夢素香。魔空石から四方に火花のような光が走り、一気に指揮所の機能が立ち上がる。一瞬でモニタ化する床と壁。床のモニタは地上を映し、壁にはバーベキューをしている四ノ郭《よんのかく》の映像が。クラシックなメーターも針がゆらゆらと動き始めている。

「洋平殿も大胆であるな。こんなお土産を用意するとは」

と言いつつも夢素香は露骨に嬉《うれ》しそうな顔をしている。

「市の課題は空中要塞と瓦礫《がれき》問題。だから課題のひとつをもう一個の課題で消したら」

「ふふふ……それで我らが主砲で瓦礫を撃つとはな」

「もし出力を最小にすれば、瓦礫の撤去に役立つんじゃないかって思ってさ」

「ふふふ。さすがは我が未来の夫。目標はあのワタナベビルでよいのであるな」

「うん。あの廃墟になっちゃってるビルを解体できたら。こばとの平和利用的な？」

「出力最小でビルのみ狙う。難しい注文ではあるな。沖本《おきもと》、スラスタの準備はよいか？」

　夢素香は壁面に埋め込まれたパイプの蓋を開け、それに向かって話しかける。

『もちろんです！　姫様、今日は息子と娘がお世話になりました！』

　パイプからクリアな声が返ってくる。

「本当にパイプで話すんだね」

「バカにするな。このパイプは空晶違い組みで継がれておるから、まったく声がくぐもることがないのだ。クリアさに関してはスマホにも負けぬ」

たしかにすごくクリアに聞こえるけど……。

「つくづくパイプの超古代技術は分かりにくいな」

「そんなことはどうでもよい。そろそろ行くぞ。沖本《おきもと》、面舵《おもかじ》、方角艮《うしとら》に」

『了解、面舵、方角艮』

返答と同時にゆっくりとこばとが傾く。

大きく方向転換しているのだ。

「主砲、充填《じゆうてん》開始。出力五厘《りん》。トリガー起動」

今度は別のパイプに話しかける夢素香《むすか》。

『了解。主砲、充填開始。完了まで三十秒』

パイプからクリアな返答。

それと同時に床から黒々とした柱が立ち上がる。夢素香と洋平《ようへい》のちょうど目の前、ゆっくりとせり上がった柱は洋平の腰の高さで停止。

青黒く光る柱、その先端は斜めに切り取られ、門松のような形状をしている。

切り取られた斜面、そこにはくぼみがある。

――どうやらなにかをはめこむらしい……。

「っていうことは、当然その石か」

洋平の予想通り夢素香がくぼみに魔空石をはめこむ。

その直後、柱はブウンと低い音を立て、明るく輝きだす。

「ふふ……婚約後はじめての共同作業である」

夢素香はそう言うと、洋平の手を取り、はめこんだ魔空石の上へと誘導し、その上に自分の手を重ねる。

夢素香にとってはケーキカット的なイメージなのだろうが、その姿を撮影する列席者はいない。

「おお、相変わらず濃いな。見たまえこの魔空子の充填速度を」

見たまえと言われても洋平にはどこを見ていいのかすら分からない。

とにかくたくさん並ぶ機器。

「……やめろよ。なんか恥ずかしい」

「恥ずかしいことではない。洋平殿ならこのこばとの全力ですらいずれ解放することができよう」

「そ、そうかな……」

「ともあれ、いまは五厘で十分である。さあ、見せてやろうこばとの雷《いかずち》を！」

夢素香はそう言うとぐっと手に力を籠《こ》め洋平の手を押す。

「目標は直下、ワタナベビル、放ちたまえっ！」

夢素香《むすか》の号令。

それと同時に床のモニタが爆発したかのような光を放つ。

その後、まっすぐに伸びる光の柱。

その柱が地上と空中要塞をまっすぐにつないだ……。

その直後――。

ドンッ！

鈍い振動が起こり、こばとが小刻みに揺れる。

爆発の反動でこばとが浮き上がったのだろう。

若干のノイズで乱れるモニタの映像。

そこに映し出されたのは蒸発するワタナベビル……および、その周辺区域！

ビルも消えたが、周辺区域が地面ごとえぐられ、クレーターと化している。

周りが全部瓦礫《がれき》で本当によかった……。

「ふふふ、このゴミが懸念だったのであろう。ははは！　ゴミがゴミのようだ！」

「合ってるけれども！　出力がちょっと多かった気が……。あっ！　将軍塚が」

モニタに映る黒々とした大地からは濛々《もうもう》と湯気が立ち上っている。

そしてクレーターの端にちらりと見える石碑……。間違いない。あれは市の史跡、将軍塚の石碑だ。かの新田義貞《にったよしさだ》がここに逗留《とうりゅう》し旗を立てたという……。

それが真っ二つに折れて倒れている。ひかえめに言ってバッキバキだ。

残念ながらふたりのはじめての共同作業はやや目標を外していたようだ。

「あの石が将軍塚であるか？　かまわんだろう。あんな石ころ」

夢素香は破壊された将軍塚を確認しても平然としている。

たしかに将軍塚は小さな石碑。

普通のお墓とサイズもあまり変わらない。

だがしかし……。

「……バレたら確実に大問題だと思うぞ」

そもそも役に立つところを見せようとして、史跡を吹っ飛ばしてどうする。

「バレるわけがない。バレても誰も気にしないだろう。出力が多かったのはちょっとしたサービスだ。空中要塞の見事なお土産大成功である！」

「そうだといいけど……」

とにかく旧松《まつ》が丘《おか》地区に山積みになった瓦礫。

その一部が消滅したことは事実。

この事実を空中要塞が役に立ったと捉えてもらえるか、それとも史跡を吹っ飛ばしたことを問題視されるのか、それはまだ洋平《ようへい》にも分からないのであった。

◆

既にバーベキューの招待客は気球で降下。

後片付けも参加した空中の民有志によっててきぱきと進み、すっかり元通りの四ノ郭《よんのかく》。

時間はすでに夕刻。

陽《ひ》が落ち、空中要塞の地平の下からオレンジ色の光が差し込んでいる。

反対側から夕陽に照らされている雲は中央は暗く、ふちどりをするように明るい朱色に染まっている。

まるで雲を使った間接照明でライトアップされているかのようだ。

「こばと独特の夕焼け。これを空中の民は観音暮れと呼ぶ」

夢素香《むすか》が赤く染まった雲に目を細めながら言う。

その姿は風景に負けず劣らず美しい。

「どうだったバーベキューは」

「うむ。いいものであるな。またやろうではないか」

「そうだね。俺も自分に合わないと思ってたけど、意外とね……。今度はアヒージョより子供受けするものを考えるよ」

「うむ。あれは子供の舌を焼く」

ゆっくりと旋回するこばと。

目の前にやや高い山々が見えてくる。秩父《ちちぶ》の山々だ。

夢素香は前方をまっすぐに見つめ、まぶしそうに目を細める。

「洋平《ようへい》殿、知っているか、自分の名前の意味を」

「どういうこと？」

「黒田《くろだ》洋平、〝クロ〟は空中要塞語で「王」、〝ダ〟は空中要塞語で「真の」、〝ヨウヘイ〟は〝太平洋のようにスケール感のあるスケベな男〟、やはり洋平殿は空中要塞の正当な王の血筋を引く者である」

「洋平の意味！」

途中まではそれっぽかったが、最終的には猛烈に適当。

夢素香が即興で作ったんじゃなかろうか？

洋平にはそんな疑念すら生まれる。

「スケール感のあるスケベ、洋平殿、今回は見事こばとの危機を救ってくれた。礼を言おう」

そう言うと夢素香は深々と頭を下げる。

夢素香が他人に頭を下げるところなど洋平ははじめて見た。

「やめてくれよ。当然だろ。だって俺は特別補佐官、っていうか、その……お前の婚約者なんだし」

「うむ、そうであるが……なんというか……ふふふ」

「どうした？　急に変な笑い方して」

「そちらから婚約者だと言ってくれたのははじめてだから……。つい……嬉《うれ》しくて」

夢素香《むすか》はそれだけ言うと恥ずかしそうに目をさっと伏せる。

「だってさ。急にさらわれて、王の血筋だとか、婚約者とか言われても受け止められないだろ……そりゃ時間がかかるって」

「そ、そうであるな。その当時は拙速であったな」

「本当にね」

「それでは……ついに決心してくれたのだな。私とここで暮らすことを」

下方からの夕日のライトアップで黄金色に輝く夢素香。

その姿は神秘的なまでに美しいのだが……。

「いや、まだ無理」

洋平《ようへい》は断った！

「なぜだ！」

「だって暮らしづらいし！　Ｗｉ－Ｆｉ入んないし、携帯の電波も一部を除いてほぼ圏外だし。明日、家に宅配便届くし」

「この頑固者！」

夢素香の罵声とそれに続くふたりの笑い声が夕闇に消えていくのであった。

あとがき

いまから数か月前のある朝。

長い長い航海の後、私はこの浜辺にたどり着いた。

難破寸前の状態で打ち上げられた砂浜。

私はふらふらとした足取りで久しぶりの陸地を進んだ。

ここは……？

打ち寄せる波がどことなく緑色をしている。

ビビッドカラーでありながらどこか懐かしい。

……まさか!?

もしかして着いたのか、ＭＦ文庫Ｊに。

このうっそうと茂るエメラルドグリーンの木々。

美しい声で鳴く極彩色の鳥。おそらくあれはＭＦ文庫Ｊの固有種ノゲラだ。

そしてあれは固有種の大型哺乳類、リゼ狼。

私は歓喜した。

間違いない！　私はついに辿《たど》り着いたのだ！　乳と蜜の流れる地、伝説の黄金郷、ＭＦ文庫Ｊに！

やったぞ！

尖《とが》がりと個性の国、ガガガ国を旅立ってから約半年。

長い長い旅路だった……。

ガガガ国からＭＦ文庫Ｊへの航海など不可能。

ＫＡＤＯＫＡＷＡ大陸と小学大陸の間の海は波が高く、とても進めない。

しかも海には巨大な海蛇、シーサーペント的なヤツが出没してして、船を破壊し船乗りを食べてしまう。そう言い伝えられてきた。

誰も渡れぬとされていた海。

だが私は信じていた。必ず道はあると。

勇気をもって踏み出せば絶対にたどり着けると。

そしてついに辿り着いた。

……この緑の大地に。

後に続く者たちのために、この旅路について記しておこう。

まず、私がこの旅を決心したのはずいぶんと前のことになる。

三年、いや四年ほど前になるだろうか。

ガガガ国の海岸で拾った瓶。その中にはＭＦ文庫Ｊの民からの手紙が入っていたのだ。

ＭＦ文庫Ｊでの暮らしについて綴られた手紙。

一度は行ってみたい。ＭＦ文庫Ｊに！

私は胸は高鳴りを抑えきれず、さっそく冒険の旅に出た。

しかし、波は高く、潮の流れは速い、そして襲い来るシーサーペント的なヤツ。

なんとかカクヨム港へと辿《たど》り着くことはできたのだが、ますます波は荒くなり、それ以上進むことはできなかった……。ついでに五回ほどシーサーペント的なヤツに噛《か》まれた。

……正直とても痛かった。

それから数年。あきらめることなく潮の流れが変わる日を待った。そしてある日、突如として潮の流れが変わったのだ。空は晴れ渡り、嘘《うそ》のように波は穏やかになった。

シーサーペント的なヤツもどこかに出かけている……。

この機を逃さず私は再び海に出た。

そして見事にこの緑あふれる大地を踏みしめることに成功したのだった。


その後、私はＭＦ文庫Ｊ国に滞在し、大変な歓待を受けた。

手紙の主であるＭＦ文庫Ｊの民、Ｔさま。

長旅の末に辿りついた私を歓迎してくださり、このＭＦ文庫Ｊの文化、風習を丁寧に教えてくれた。おかげで楽しく夢のような時間を過ごすことができました。

そして桝石《ますいし》きのとさま。

ラノベ作家の糧である可愛《かわい》いイラストを与えてくださりました。

ＭＦ文庫Ｊの地にはこのような可愛いイラストがあると聞きつけての長旅、ほんとうにその甲斐があったと感動しております。

また世界観イラストを担当していただいたわいっしゅさま。

コメディのレベルを圧倒的に超えた素敵な空中要塞。凄《すご》すぎでちょっと引きました！

見たときは非常に興奮しました。これはもはや一生の思い出です！

と、若干設定が崩れて普通の謝辞になりつつある状況。

とにかく私はこの地で素晴らしい日々を過ごすことができた。

しかし、私はまた帰りの旅路へと出ることになるだろう。あの青き尖がった大地は私の故郷。旅に行っている間に住処《すみか》を撤去されている可能性もあるが、それでも戻らねばならぬ。

そして私は願わくばまたこの豊穣の地へと戻って来たいと考えている。

できればけっこう頻繁に戻って来たい。年三回くらいは戻って来たい。

そのためには読者の皆様の協力が必要となってくる。

ぜひ私のＭＦ文庫Ｊの地での活動にお力添えをお願いしたい。

簡単にいうと一巻を買ってくれてありがとう。二巻もお願いします。との意味である。

本当によろしくお願いします！

川岸殴魚《かわぎしおうぎょ》

ファンレター、作品のご感想をお待ちしています

あて先

〒102-0071　東京都千代田区富士見2-13-12
株式会社KADOKAWA　MF文庫J編集部気付
「川岸殴魚先生」係　「桝石きのと先生」係　「わいっしゅ先生」係

MF文庫J

「キミ、どこ住み？　え、俺は空中要塞住みだけど」

2019年6月25日　初版発行

著者　川岸殴魚

発行者　三坂泰二

発行　株式会社 KADOKAWA
〒102-8177 東京都千代田区富士見2-13-3
0570-002-001（ナビダイヤル）

印刷　株式会社廣済堂

製本　株式会社廣済堂

Printed in Japan　ISBN 978-4-04-065792-9 C0193

◇◇◇

INFORMATION

ぼくたちのリメイク

好　評　発　売　中

著者：木緒なち　イラスト：えれっと

いま何かを頑張っているあなたのためにある青春作り直しストーリー！

可愛ければ変態でも好きになってくれますか？

好　評　発　売　中

著者：花間燈　イラスト：sune

巷を騒がす、新感覚の
変態湧いてくる系ラブコメ！